了不起的盖茨比

THE GREAT GATSBY

[美国]
弗朗西斯·斯科特·基·菲茨杰拉德 著

鲜文森 译

九州出版社
JIUZHOUPRESS

图书在版编目（CIP）数据

了不起的盖茨比 /（美）弗朗西斯·斯科特·基·菲茨杰拉德著 ; 鲜文森译. -- 北京 : 九州出版社, 2023.10

ISBN 978-7-5225-2327-9

Ⅰ. ①了… Ⅱ. ①弗… ②鲜… Ⅲ. ①长篇小说－美国－现代 Ⅳ. ①I712.45

中国国家版本馆CIP数据核字(2023)第200725 号

了不起的盖茨比

作　　者	［美］弗朗西斯·斯科特·基·菲茨杰拉德　著 鲜文森　译
责任编辑	赵恒丹
出版发行	九州出版社
地　　址	北京市西城区阜外大街甲 35 号（100037）
发行电话	(010)68992190/3/5/6
网　　址	www.jiuzhoupress.com
印　　刷	永清县晔盛亚胶印有限公司
开　　本	880 毫米 ×1230 毫米　32 开
印　　张	6
字　　数	122 千字
版　　次	2024 年 2 月第 1 版
印　　次	2024 年 2 月第 1 次印刷
书　　号	ISBN 978-7-5225-2327-9
定　　价	58.00 元

【故事梗概】

尼克从中西部故乡来到纽约，在他住所旁边正是本书主人公盖茨比的豪华宅邸。这里每晚都在举行盛大的宴会。尼克和盖茨比相识，故事就这样开始了。尼克对盖茨比充满探究的兴趣。探究的结果是：尼克了解到盖茨比内心深处有一段不了情。年轻时的盖茨比并不富有，他是一个少校军官。他爱上了一位叫黛茜的姑娘，黛茜对他也情有所钟。后来第一次世界大战爆发，盖茨比被调往欧洲。似是偶然却也是必然，黛茜因此和他分手，转而与一个出身于富豪家庭的纨绔子弟汤姆·布坎南结了婚。黛茜婚后的生活并不幸福，因为汤姆另有情妇。物欲的满足并不能填补黛茜精神上的空虚。盖茨比痛苦万分，他坚信是金钱让黛茜背叛了心灵的贞洁，于是立志要成为富翁。几年以后，盖茨比终于成功了。他在黛茜府邸的对面建造起了一幢大厦。盖茨比挥金如土，夜夜笙歌，一心想引起黛茜的注意，以挽回失去的爱情。

【叙述者】

是一位来自明尼苏达州的年轻人，名叫尼克·卡拉威。在一开始他做了自我评论，说从他父亲那里学会保留对他人的判断，如果把他们用他自己的道德标准来衡量，他定会理解他们。因此他认为自己的特性是宽容的。

第一章

在我年纪尚轻、涉世未深的时候，父亲对我的教导，我至今还记忆犹新。

“每当你想批评人的时候，”他告诉我，“你得记住，这个世界上所有的人，并非个个都有你的那些优势。”

他没有多说什么，我们父子之间话虽不多，但总是彼此心领神会，我明白父亲的那句话意味深长。久而久之，我便养成了对所有的人保留评价的习惯，这个习惯既使得许多性格古怪的人愿意向我袒露心声，也使我成了不少爱喋喋不休惹人厌烦的人的受害者。当这种品质出现在一个正常人身上时，那些心理异常的人很快就会发现并缠住不放，因此，在大学里，因为我私下聆听过一些情绪失控的陌生人倾诉的不为人知的痛楚而被无辜地指责为“政客”。大多数人内心的秘密不是我刻意追求得来的。通常的情况是，通过某个确凿无疑的迹象意识到有人欲吐心迹时，我便故作假寐姿态，心不在焉，或者敌意昭彰；因为我深知年轻人要不吐不快时，至少他们表达心迹的用词都是照抄别人的，而且因明显的隐瞒而露出破绽。保留看法意味着无尽的希望。父亲一直带着优越感暗示过我：人从一出生开始，所拥有的优势和特质就不一样，我现在又带着优越感重复父亲的教导，而我仍旧害怕自己因为忘记了父亲的教导而错过一些东西。

在对自己的宽容做了一番吹嘘之后，我承认我的宽容也是有限度的。行为可能建立在坚硬的岩石或潮湿的沼泽地上，但是超过了某个限度之后，我就不在乎行为的基础是什么了。去年秋天我从东部回来时，觉得自己特别希望全世界都穿上制服，全世界的人都能时刻将道德准则铭记于心，我不希望自己再肆无忌惮地带着优越感去窥探别人内心深处的秘密。只有盖茨比——书名里的那个男人——是一个例外，他身上没有任何值得我欣赏的地方。如果说人格是一系列不间断的成功姿态，那么他身上有一些华丽的东西，那就是对人生的希望异常敏感，就好像他与一部远在万里之外检测地震的精密仪器连接在一起。这种敏感的反应和通常被美化为“创造性气质”的多愁善感毫不相干——它是一种总是充满希望的不同寻常的天赋，一种带有浪漫色彩的敏捷，我从来没在别人身上见到过，今后也不太可能见到了。不——盖茨比最终倒是无可厚非的，正是吞噬着盖茨比的东西和他梦醒后漂浮着的污秽尘埃，让我对人类失意的悲伤和短暂的快乐暂时失去了兴趣。

在这个中西部城市，我的家族三代人都是杰出的富人。卡拉威家族也算庞大，家族相传我们是布克勒克公爵[①]的后裔，但我家族的真正创始人是我祖父的哥哥，他于1851年来到这里，找

① 苏格兰贵族。——本书注释均为译者注。

了个人替他去参加南北战争，自己开始做起了五金批发生意，也就是我父亲今天还在经营的买卖。

我从来没有见过这位伯祖父，但据说我长得很像他——特别是有挂在父亲办公室里的那幅铁面无私的画像为证。1915 年，我从纽黑文[①]毕业，比我父亲晚了四分之一个世纪。不久后，我参加了被称为又一次条顿民族大迁徙的大战[②]。我在这次反击中感觉其乐无穷，所以回来以后就感觉兴味索然。中西部现在不再是世界温暖的中心，倒像是宇宙荒凉的边缘，所以我决定去东部学习做债券生意。我认识的每个人都在做债券生意，因此我认为它多养活一个单身汉也不成问题。我所有的叔叔阿姨都在反复讨论，好像他们在为我选择一所预科学校一样，最后说："哎……就这么着吧。"脸上带着非常严肃、犹豫的表情。父亲同意资助我一年，在经历了各种拖延之后，我在 1922 年春天来到了东部，那时我想是要一直在这里待下去了。

切合实际的做法是在城市里找个房子，但那时正值温暖的季节，而且我离开我家时，屋前屋后到处都是碧草如茵，绿树葱葱，所以当办公室的一个年轻人建议我们一起在附近小镇上合租一幢房子时，我觉得这个想法不错。他找到了这所房子，一座历经风雨侵蚀的木板平房，每月房租 80 美元，但在最后一刻，公司调他去了华盛顿，我只好独自一人去乡下住。我养了一只狗——至少在它跑掉之前我养了它几天——买了一辆旧道奇车，

① 纽黑文市，耶鲁大学所在地。

② 即第一次世界大战。

又雇了一个芬兰女用人，给我收拾床铺。女用人一边做早餐，一边对着电炉喃喃自语着芬兰格言。

头几天我十分孤单，直到有一天早上，一个在我之后搬来的人在路上拦住了我。

“去西埃格村怎么走？”他带着一丝无助开口问道。

我告诉了他应该如何走。然后我继续前行时，就不再感到孤独。我是一个向导，一个探路者，一个最早搬到这里的人。他无意中授予我这一带的荣誉市民权。

春日阳光明媚，树上不经意间就长出了新树叶，这一变化就像电影中演的那样神速，我有了一种熟悉的信念：随着夏天的到来，生活将重新开始。

一方面，有太多的书要读，另外还可以从清新宜人的空气中汲取很多营养。我买了十几本关于银行、信贷和投资证券的书。一本本红色烫金的书籍立在书架上，它们就像铸币局的新钱一样，预示着它们将揭开只有迈达斯①、摩根②和梅塞纳斯③才知道的秘诀。除此之外，我还有阅读许多其他书籍的强烈愿望。我在大学里极富文学才华——有一年我为《耶鲁新闻》写了一系列一本正经而又平淡无奇的社论——现在我要重续昔日辉煌，再次成为一个“全能型人才”，就是那种“最浅薄的”专家。这不仅仅是一句警句——毕竟，仅从单一视角来看人生要成功得多。

---

① 希腊神话中的国王，曾经求神赐予点金术。

② 美国大财阀。

③ 古罗马大财主。

我在北美最离奇的社区租了一所房子，这纯属偶然。它位于纽约向正东延伸的那个细长而喧闹的岛屿上，那里除了其他的自然奇观之外，还有两个地方不同寻常。距离市区 20 英里，有两个酷似硕大鸡蛋的半岛，被一条勉强可称为海湾的狭窄水域隔开，一直延伸到西半球那片最平静的海水，即长岛海湾的潮湿仓院。它们不是标准的椭圆形——就像哥伦布故事中的鸡蛋一样，在碰过的那头都是被压扁了的——但它们的相似之处一定是让在它头顶上飞过的海鸥永远感到困惑的原因。对于没有翅膀的人类来说，除了形状和大小之外，它们在各个方面都完全不同，这是一个更引人注目的现象。

我住在西埃格，这是两个半岛中不那么时髦的一个，尽管这是一个非常肤浅的标签，用来表达它们之间离奇而险恶的对比。我租的房子就在鸡蛋的顶端，离海湾只有 50 码，挤在两座每个季度租金为一万两千至一万五千美元的大房子之间。无论以何种标准衡量，我右边的那座房子都是一座巨大的建筑——它实际上是对诺曼底某市政厅的模仿，一侧有一座塔楼，刚长出的常春藤稀疏细长，如胡子一般，给人一种焕然一新的感觉，一个大理石游泳池，还有 40 多英亩的草坪和花园。那是盖茨比的豪宅。或者，更确切地说，由于我还不认识盖茨比先生，这是一座由同名绅士居住的豪宅。我自己的房子很难看，幸亏很小，因而没人注意，所以我才有幸欣赏到海景，欣赏邻居草坪的局部景色，还能以与百万富翁为邻而自我安慰——所有这些都只需每月花 80 美元。

小海湾对面，东埃格豪华住宅区洁白的宫殿式大厦沿着水边闪闪发光，夏天的历史真正始于我开车去那里与汤姆·布坎南一家共进晚餐的那天晚上。黛西是我的远房表妹，我在大学时就认识汤姆了。战争刚结束时，我在芝加哥还在他们家住过两天。

她的丈夫，在体育方面取得了各种成就，曾经是纽黑文有史以来最伟大的橄榄球球员之一——在某种程度上是一个全国闻名的人物，他在21岁时就在有限的范围内达到了巅峰，从此以后就有种走下坡路的感觉。他的家庭非常富有——还在大学时，他花钱如流水就已经遭人非议——但现在他离开了芝加哥搬到东部来，那种搬家的场面让人惊讶不已。例如，他从森林湖带来了一群打马球骑的矮种马。很难想象，在我这一代人中，有人竟能富有到干这种事的地步。

我不知道他们为什么来到东部。他们在法国待了一年，没有什么特别的原因，然后四处流浪，居无定所，无论在哪里打马球的人都很富有。黛西在电话中说，这次搬家以后不会再动了，但我不相信——我猜不透黛西的心思，但我觉得汤姆会永远漂泊下去，他有点渴望追寻某场逝去的橄榄球比赛的戏剧性激奋。

于是，在一个温暖的有风之夜，我开车去东埃格看望了两个我几乎不了解的老朋友。他们的房子比我想象的还要精致，是一座欢快的红白相间的佐治亚殖民时期的豪宅，俯瞰海湾。草坪从海滩开始，一直延伸到前门，长约四分之一英里，一路穿过日晷仪、砖砌的人行道和姹紫嫣红的花园——最后，到达房子前，仿佛借助于奔跑的势头，藤蔓在生机勃勃中向上延伸。房子的正面是一排落地窗，在落日的余晖中反射出金色的光辉，在温暖多风的午后大开着。穿着骑行服的汤姆·布坎南，双腿分开站在前廊上。

自从纽黑文大学时代以来，他已经变了。现在他已经三十岁，身体结实，头发稻草色，嘴边略带狠相，举止高傲。两只眼睛闪闪发光，充满傲慢，在他的脸上占据了主导地位，让他看起来总是充满咄咄逼人的气势。即使是他那身女性化的骑行服也无法掩盖他身体的巨大力量——他似乎填满了那双闪闪发光的靴子，把顶部的鞋带绷得紧紧的，当他的肩膀在薄外套下移动时，你可以看到一大块肌肉在移动。这是一个力大无比的身躯——一个残忍的身躯。

他说话的声音，粗哑的男高音，给人增添了他性情暴躁的印象。说起话来带有一种长辈训斥的口吻，即使是对他喜欢的人也是如此——在纽黑文时，有些人对他恨之入骨。

“现在，不要认为我对这些事情的看法是定论，”他似乎在说，“仅仅因为我比你更强壮，更像一个男人。”我们同在一个高年级学生联谊会，虽然我们的关系并不密切，但我总觉得他是认可我的，而且带着他自己特有的苛刻、蛮横的样子，希望我喜欢他。

我们在阳光明媚的门廊上聊了几分钟。

“我这地方不错。”他说，眼睛不停地闪烁着。

他用一只手抓住我的胳膊把我转过身来，用一只宽阔而扁平的手依次指着前方的景色，包括一个下沉式的意大利花园，半英亩色泽深浓、芳香扑鼻的玫瑰花，以及一艘在岸边随着潮水起伏的短鼻摩托艇。

“这个地方原来属于石油大王德迈恩。”他再次把我转过身来，客客气气但是不容分说，“我们进去看看。”

我们穿过一条高高的走廊，进入一个明亮的玫瑰色空间，两端都是落地式长窗，巧妙地将这间屋子镶嵌在这座房子当中。窗户半开着，在外面青草的映衬下闪闪发光，青草似乎成了房子的一小部分。微风吹过房间，窗帘迎风招展，像苍白的旗帜一样从一端吹进来，又从另一端吹出去，把它们向天花板上酷似结婚蛋糕装饰物方向卷起，然后在葡萄酒色的地毯上荡漾，如同微风拂过海面一般在地毯上留下一道道阴影。

房间里唯一完全静止的物体是一张巨大的沙发，两名年轻女子坐在上面，就像浮在一个固定的气球上一样。她们两人都身着白色长裙，裙子随风飘动，好像在房子周围转了一圈后被风吹了回来。我站了一会儿，听着窗帘被风抽打发出的声响以及墙上那幅画发出的嘎吱嘎吱的声音。然后，汤姆·布坎南关上后窗，房间里的余风渐渐平息，窗帘、地毯和两个年轻女人也慢慢地降落地面。

两个女人中年纪较轻的那位我素未谋面。她平躺在沙发的一头，纹丝不动，下巴微微抬起，好像在平衡下巴上面的什么东西，生怕它会掉下来。她是否用眼角的余光瞟见了我，我并不知道——事实上，我反倒是吃了一惊，嘴里咕哝着，因为我的突然造访叨扰了她向她表示歉意。

另一个女孩，黛西，做出想起身的架势——她微微前倾，表情认真——然后她“扑哧”一声笑了，让人不解其意但又妩媚动人，我也笑了，然后我就进屋了。

“我高兴得快要瘫……瘫掉了。”她又笑了笑，好像说了一些非常诙谐的话，然后拉起我的手，抬头打量了一会儿，那神情好像在说这世界上我是她最想见的人。这就是她的与众不同之处。她低声告诉我那个玩平衡动作的女孩姓贝克。（我以前听人说起过，黛西轻声细语只是为了让人们把身体靠近她；这种无关紧要的闲言碎语丝毫无损她的魅力。）

不管怎样，贝克小姐的嘴唇在颤抖，几乎察觉不到她在向我点头，然后很快又把头向后仰了仰——她正在平衡的物体显然有点摇晃，吓了她一跳。我又一次差点开口道歉了。几乎任何一个她自己独立完成的表演都会引起我的惊叹。

我回头看了看我表妹，她开始问我问题，声音低沉而迷人。这种声音必须侧耳倾听，每句话好像都是一串永远不会再重奏的音符。她那稍显幽怨而可爱的脸庞上洋溢着欢乐的神情，双眼炯炯有神，双唇美丽动人，发出的声音悦耳动听，那些爱慕过她的男人都难以忘怀：一种抑扬动听的魅力，一声低柔的“听着”，暗示着她片刻前刚完成一些开心美事，在下一刻，还有开心美事不断接踵而至。

我告诉她，我到东部来的路上在芝加哥停留了一天，还有十多个朋友都让我向她表达问候。

“他们想我吗？”她欣喜若狂地喊道。

“整个小镇都很荒凉。所有的汽车都把左后轮漆成了黑色，作为哀悼的花环，密歇根湖北岸彻夜哀号。”

“太棒了！汤姆，我们明天回去吧！”接着她无意间说了一句：“你应该看看宝宝。”

“我很想看。”

“她睡着了。她三岁了。你没见过她吗？”

“从来没有。”

“好吧，你应该看看她。她是……”

汤姆·布坎南一直在房间里心神不宁地走来走去，他停下来，把手放在我的肩上。

“你现在干哪行，尼克？”

“我是个债券人。”

“和谁在一起？”

我告诉了他。

“从来没有听说过他们。”他肯定地回答。

这让我很恼火。

“你会听说的，”我立刻回答，“只要你一直待在东部，你就会听说的。”

“哦，我会一直待在东部的，别担心，”他说，瞥了黛西一眼，然后又看了我一眼，好像他对更多的事情保持警惕。“如果我搬到别处去住，那我纯粹就是个傻瓜。”

这时，贝克小姐突然说：“绝对如此！”吓了我一跳——这是我走进房间后她说的第一句话。显然，就像吓到了我一样，她说的话也让她自己感到很惊讶，接着她打了个哈欠，敏捷熟练地从沙发上站了起来。

“我浑身都僵硬了，”她抱怨道，“我都不记得了自己在沙发上躺了多久。”

“别看我，”黛西反驳道，“我整个下午都在想办法送你去纽约。”

“不要，谢谢，”贝克小姐对刚从食品储藏室送来的四杯鸡尾酒说，“我正在认真锻炼呢。”

她的男主人用怀疑的眼神看着她。

“可不是嘛！”他把自己的那杯饮料一饮而尽，就好像是喝掉玻璃杯底部的一滴饮料那么快。“我真不明白你干成过啥。”

我看着贝克小姐，想知道她“干成过”的事迹。我很喜欢看她的样子。她是一个身材苗条、胸部平坦的女孩，她像一个年轻的军校学员一样把上身向后一仰来显得站姿挺拔。她那双灰色的、被太阳晒得眯缝着的眼睛也回头看着我，苍白、迷人、不满的脸上，带着礼貌和好奇的神情。我现在突然想到，我以前在某个地方见过她本人，或者她的照片。

“你住在西埃格，”她轻蔑地说，“我认识那里的一个人。”

“我一个都不认识——”

“你一定认识盖茨比。”

“盖茨比？”黛西问道，“什么盖茨比？”

我还没来得及回答他是我的邻居，晚餐就开始了；汤姆·布坎南不由分说地挽起我的胳膊，像移动一枚棋子般地把我拽出了房间。

两位年轻的女士把手轻轻搭在腰际，娉娉婷婷，娇媚慵懒地走在我们前边，来到一个玫瑰色的门廊，门廊朝着日落敞开，桌上有四支点燃的蜡烛，烛光在微风中摇曳。

“为什么要点蜡烛？”黛西皱着眉头反对道。她用手指把烛芯掐灭了。“再过两周，将是一年中白昼最长的一天了。”她容光焕发地看着我们，“你们是否总是在等待一年中最长的一天然后又错过它呢？我就是这样的。”

“我们应该有点什么计划。”贝克小姐打着哈欠，坐在桌子旁，好像要上床睡觉似的。

“好吧，”黛西说，“我们打算做什么？”她无助地转向我，“人们打算做什么呢？”

我还没来得及回答，她脸上就露出了畏惧的表情，全神贯注盯着她的小手指。

“看！”她抱怨道，“我把它弄伤了。”

我们都看了看——手指节青一块紫一块。

“都是你弄的，汤姆，”她带着指责的口气说，“我知道你不是故意的，但确实是你弄的。这就是我嫁给一个野蛮人的报应，一个又高又大又笨重的怪物。”

“我讨厌笨重这个词，”汤姆生气地反对道，“即使是开玩笑也不许用这个词。”

“就是笨重。”黛西坚持说。

有时，她和贝克小姐一起说说笑笑，不会引人注目，不过彼此开开无伤大雅的小玩笑，从来不会喋喋不休地大谈特谈，她们的谈吐教养就像她们的白裙子，就像她们那没有邪念的眼睛显得超然淡定。她们在这里，陪着汤姆和我，只是客客气气地、努力款待或被款待。她们知道晚宴很快就要结束了，再过一会儿今晚也就过去了，一切就烟消云散了。这与西部截然不同，在西部，晚上款待客人总是从一个阶段到另一个阶段，紧锣密鼓地逼近尾声，总是充满期待，又不断地感到失望，要么就是对时光飞逝感到紧张不安。

“你让我觉得自己未开化，黛西，”我第二杯喝的是法国红酒，有股软木塞味但口感让人印象十分深刻，这时我坦白道，“你不能谈谈庄稼或聊点其他的什么吗？”

我说这句话并没有什么特别的意思，但大家的反应却让我颇感意外。

“文明正在分崩离析，”汤姆突然情绪发作道，“我对事物已经变得非常悲观了。你读过戈达德的《有色人种帝国的崛起》吗？”

“噢，没有读过。”我回答，对他的语气相当惊讶。

“好吧，这是本好书，每个人都应该读读。书中的观点是，如果我们不注意，白人将有被彻底灭绝的危险。书中全是科学翔实的材料并且已经被验证了。”

“汤姆变得越来越博学了，”黛西说，带着一种意想不到的悲伤表情，“他读的书很深奥，里面有很长的单词。刚才我们提到的那个词是什么来着……”

“嗯，这些书都是有科学依据的，”汤姆坚持说，不耐烦地瞥了她一眼，“这个家伙已经阐明了一切问题。现在轮到我们这个占统治地位的种族要小心行事，否则其他种族将会控制一切。”

“我们必须打败他们。”黛西低声说道，对着强烈的阳光狠狠地眨眼。

“你应该住在加州——”贝克小姐开始说话了，但汤姆在椅子里重重地挪动了一下身子，打断了她的话。

“他的观点是我们都属于北欧民族。我是，你是，你也是，以及……”在犹豫了一小会儿之后，微微点点头，他把黛西也算了进来，这时，黛西朝我使了个眼色。“而我们创造了科学和艺术等以及构成文明的一切东西。你明白吗？”

他的滔滔不绝中略带点情绪，好像即便他的自满情绪比过去更加严重，这对他来说也已经不够了。就在这时，电话铃响了，管家离开了门廊，黛西抓住了这一短暂的间隔，向我探了探身子。

“我要告诉你一个家庭秘密，”她热情地低声说道，“是关于男管家的鼻子。你想听听男管家鼻子的事吗？”

“这就是我今晚来的原因。”

“嗯，他并不是一直当管家；他曾经在纽约专门给人家做银器擦拭员，那户人家有供两百来号人使用的银器。他得从早擦到晚，后来他的鼻子严重受到影响……”

“情况越来越糟。”贝克小姐说。

“是的。每况愈下，到最后他不得不辞掉那份工作。”

有那么一会儿工夫，最后的阳光带着浪漫的爱意洒在她容光焕发的脸上；她的声音使我情不自禁地俯身向前屏息倾听——然后，余晖逐渐退去，每一道霞光都眷恋着她的脸庞不忍离去，就像大街上欢乐玩闹的孩子们在黄昏仍然不愿离去。

管家回来了，在汤姆耳边低声说着什么，于是汤姆皱着眉头，推开椅子，一言不发地走进屋里。仿佛他的离开使她变得活跃了起来，黛西又向前凑了凑，她的声音像唱歌一般，优美动听。

“尼克，我很高兴你坐在我的餐桌前。你让我想起了一朵——一朵玫瑰花，一朵地道的玫瑰。是不是？”她转向贝克小姐，希望得到她的认同，“一朵地道的玫瑰？”

这是胡说。我和玫瑰花毫无相似之处。她只是随口乱说一气，但话里却洋溢着一种炙热的温情，仿佛藏在那些令人窒息、激动人心的话里的那颗心正试图跳出来向你倾诉。然后，她突然把餐巾扔在桌子上，说了声抱歉，就走进房间里去了。

贝克小姐和我交换了一个简短的眼神，不露声色。我正要说话，她警觉地站了起来，并发出一声“嘘”。远处的房间里可以听到一种低沉而激动的谈话声传出，贝克小姐毫无顾忌地向前探了探身子，试图一听究竟。讲话声听起来微微发颤，时而高亢，时而低沉，然后就完全停止了。

“你提到的盖茨比先生是我的邻居——”我说。

“别说话。我想听听在发生什么。”

“发生什么事了吗？”我天真地问道。

“你是说你不知道吗？”贝克小姐说，她真的很惊讶。“我以为每个人都知道。”

“我不知道。”

“我的天啦——”她犹豫了一下说，“汤姆在纽约有个女人。”

“有女人吗？”我茫然地重复着。

贝克小姐点点头。

“她起码应该识趣一点，怎么也不该在晚饭时间给他打电话。你不觉得吗？”

我还没来得及理解她的意思，就传来了裙子的窸窣声和皮靴的咯噔声，汤姆和黛西又回到了桌子旁。

“真没辙了！”黛西强装欢愉地喊道。

她坐下来，用锐利的目光瞥了一眼贝克小姐和我，继续说道：“我在门外看了一会儿，门外真是浪漫极了。有一只小鸟停在草坪上，我想它一定是一只夜莺，是搭乘康拉德或白星轮船公司的船过来的。它在不停地唱歌……”她的声音也像是在唱歌，“这很浪漫，是不是，汤姆？”

“非常浪漫，”他说，然后对我说，“如果晚饭后天色还早的话，我带你去马厩瞧瞧。”

屋里的电话铃声又一次响起，这让大家大吃一惊。黛西果断地向汤姆摇了摇头，于是关于马厩的话题，事实上所有的话题都瞬间化为泡影。在餐桌上最后五分钟的片段印象中，我记得蜡烛不知为何又被点燃了，毫无意义地，我意识到我想正眼看看大家，但又不想与大家的目光对视。我猜不出黛西和汤姆在想什么，但我怀疑，即使是贝克小姐这种玩世不恭的人是否也能将第五位客人尖锐刺耳的迫切呼唤抛之脑后。对于有某种特质的人来说，这种情形似乎看起来很有趣——我自己的本能反应是立即打电话报警。

马，不用说，没有再提及。汤姆和贝克小姐之间相隔几英尺，他们漫步回到书房，仿佛要去为一具真实存在的尸体守夜，而我一边装出很感兴趣的样子，一边装聋作哑，跟着黛西绕着一连串的走廊，走到前面的门廊去。在暮色中，我们并排坐在一张柳条长靠背椅上。

黛西双手捧脸，仿佛在摩挲她那可爱的脸庞，她的眼睛逐渐移向天鹅绒般的黄昏中。我看到她内心正波涛汹涌，所以我问了几个关于她小女儿的问题，我认为这些问题会让她平静下来。

“我们彼此并不太了解，尼克，”她突然说道，“即使我们是表亲。你也没有来参加我的婚礼。”

“那会儿我打仗还没回来。”

“的确如此。”她犹豫了一下，“嗯，我过得一点也不如意，尼克，我把一切都看透了。”

显然，她有这种想法是有理由的。我等她继续说下去，可她却停了。过了一会儿，我又试探性地回到了她女儿的话题上。

“我想她会说话了吧，嗯……会吃饭，什么都会了吧？”

“哦，是的。”她心不在焉地看着我，“听着，尼克，让我告诉你生她的时候我都说了什么。你想听吗？”

“当然。”

“听完后你就明白我对事情持什么态度了。哎，她出生还不到一小时，天知道汤姆跑哪里去了。我从麻醉药中醒来，有一种完全被抛弃的感觉，马上问护士是男孩还是女孩。她告诉我是女孩，我转过头就哭了。‘好吧，’我说，‘我很高兴是个女孩。我希望她以后做个傻瓜——一个漂亮的小傻瓜，这是女孩在这个世上最好的出路。”

“你现在明白了为什么我一切都不如意，”她继续深信不疑地说道，“每个人都这样认为——那些思想最进步的人也是这样认为的。我都知道。我什么地方都去过，什么场面都见过，什么事情都做过。”她的双眼环顾四周时炯炯放光，傲视逼人，很像汤姆的眼睛，接着她发出一阵令人毛骨悚然的讥笑。“世故啊——天啊，我变得世故了。”

她的话音刚落，不再逼迫我去注意倾听、相信她的话，我就感到她说话并非出自真心。这让我很不安，就好像整个晚上都是一个圈套，设计这个圈套的目的是为了从我这里获得情感上的支持。我等待着，果不其然，过了一会儿，她看着我，可爱的脸上露出了假笑，好像她声称自己和汤姆属于上流社会一个秘密团体的成员。

在书房里，深红色的房间里灯火通明。汤姆和贝克小姐坐在长沙发的两端，她大声朗读《周六晚邮报》上的文字给汤姆听——声音低沉，语调没有抑扬顿挫的变化，用这种方式读出来的字眼听起来倒能抚慰心灵。在灯光的照射下，他的靴子闪闪发光，她那似秋叶般的黄头发显得暗淡无光，当她翻动报纸时，手臂上纤细的肌肉随之微颤，灯光也随之跳跃。

当我们进来时，她举起一只手，示意让我们不要出声。

“未完待续，”她一边说，一边随手把报纸往桌子上一扔，“且听下期分解。”

她的膝盖不停地抖动，她伸展了一下身体，站了起来。

“十点钟。”她说道，显然，她发现了天花板上的时间。“我这个好女孩该上床睡觉了。”

“乔丹明天要参加锦标赛，”黛西解释道，“在威斯切斯特。”

“哦……原来你就是乔丹·贝克。”

我现在知道为什么看她面熟——在那些报道阿什维尔、温泉和棕榈海滩的赛事的报刊上，经常能看到她那张可爱而略带轻蔑表情的脸庞。我也听过她的一些传言，一些充满批评、令人不快的闲言碎语，但具体内容我早就忘记了。

“晚安，”她轻声说道，“八点叫醒我，好吗？”

“如果你起得来的话。”

“我能。晚安，卡拉威先生。再见。”

“你们当然会见面的，”黛西确认道。“事实上，我想我会安排一场婚姻。尼克，你常来串门，我差不多能撮合你们。你知道，无意间把你们关在亚麻壁橱里，或是把你们俩放在小船上往海里一推，诸如此类的事情——”

“晚安，”贝克小姐在楼梯上喊道，“我一句话也没听到。”

“她是个好女孩，”过了一会儿汤姆说，“他们不应该让她这样在全国各地到处乱跑。”

“谁不该这么做？”黛西冷漠地问道。

“她的家人。”

“她的家人是一个七老八十的姑妈。此外，尼克会照顾她，不是吗，尼克？今年夏天她会在这里度过很多周末。我认为这里的家庭氛围对她的影响定会好处多多。”

黛西和汤姆默不作声地对视了一会儿。

“她是纽约人吗？”我立刻问道。

“来自路易斯维尔。我们的纯洁的少女时代都是在那里一起度过的。我们美丽纯洁的……”

“你在阳台上和尼克谈心了吗？”汤姆突然质问道。

“谈心了吗？”她看着我。

“我似乎记不清了，但我想我们谈论过日耳曼民族。是的，我确信我们谈论过。它不知不觉进入我们的话题，你还浑然不知呢……”

“不要听到什么就信什么，尼克。”他告诫我。

我淡淡地说，我什么也没听到，几分钟后我起身回家。他们和我一起走到门口，肩并肩站在一片方形的明亮灯光下。当我发动汽车时，黛西急忙喊道：“等等！”

“我忘了问你一些事情，这很重要。我们听说你和西部的一个女孩订婚了。”

“没错，”汤姆和蔼地附和道，“我们听说你订婚了。”

“这是谣言诽谤。我太穷了。”

“但我们听到了，”黛西坚持说，让我感到吃惊的是她又像花儿一样绽放了。“我们听三个人说起过，所以这一定是真的。”

我当然知道他们指的是什么，但我怎么可能稀里糊涂就订婚。正是这流言蜚语才迫使我来东部的。你总不能因为谣言就和一个老朋友断交，另一方面，我也不会迫于谣言的压力就去结婚。

他们对我的关心让我感动不已，也令他们的富有显得并不那么高不可攀。然而，当我开车离开时，我心存疑惑，而且还有点厌恶。在我看来，黛西要做的事情就是抱着孩子离开这个家——但显然她脑子里没有这样的意图。至于汤姆，他对“在纽约有个女人”这种事倒不足为怪，他竟然因为读了一本书搞得精神抑郁。不知是什么东西使他不满足于从陈腐观念中摄取精神食粮，仿佛壮硕的体格里所包藏的利己主义再也无法滋养他那颗专横跋扈的心。

一路上，旅馆的屋顶和路边加油站门前，已经是一番盛夏的景象，新的红色加油机站立在电灯的光圈里。当我到达位于西埃格的住处时，我把车开到车棚下，在院子里一个废弃的碾草机上坐了一会儿。风已经停了，眼前是喧闹、明亮的夜景，有鸟儿在树上拍动翅膀的声音，伴随着持续的风琴声，大地上气力十足的蛙鸣就像风琴发出的持续不断的声响。一只猫咪的轮廓在月光下移动摇摆，我转头看着它，我发现我并不孤单——50英尺外，一个人从我邻居的豪宅的阴影中走了出来，双手插在裤兜里，站在那里仰望银白色的星光。从他那悠闲的动作和双脚稳稳踩在草坪上的姿势可以看出，他就是盖茨比先生本人，走出来确认一下我们当地的天空哪一片是属于他的。

我决定走过去和他打个招呼。贝克小姐在晚餐时提到过他，这也算是做了介绍。但我没有去和他打招呼，因为他突然做了一个动作暗示他满足于独处——奇怪的是，他朝幽暗的海水伸出双臂，尽管我离他很远，但我发誓他肯定在发抖。我不由自主地向大海瞥了一眼，除了一盏孤独的绿灯，什么也看不见，那盏绿灯灯光很微弱，而且距离很遥远，可能在码头的尽头。当我再次寻找盖茨比时，他已经消失了，于是我又独自一人留在这不平静的夜色中。

第二章

在西埃格和纽约之间大约一半路程的地方，这条公路匆忙地与铁路会合，并在铁路旁行驶了四分之一英里，以避开某片荒凉的土地。这是一个堆满灰烬的山谷——一个神奇的农场，灰烬像小麦一样长成山脊、山丘和奇形怪状的花园；灰烬堆成房屋、烟囱和炊烟的形式，最后，以超凡的努力，堆成在布满尘埃的空气中隐约移动的人形。偶尔，一排灰色的汽车沿着一条看不见的轨道爬行，发出可怕的吱吱声，然后停了下来。烟灰色的人立刻拿着沉重的铁锹蜂拥而上，扬起了一片尘土，让你看不到他们隐秘的活动。

但是，在这片灰蒙蒙的土地上以及永远笼罩在它上空的暗淡的尘埃之上，过了一会儿，你会看到 T.J・埃克伯格医生的眼睛。T.J・埃克伯格医生的大眼睛是蓝色的——虹膜就有一码高。这双眼睛不是从一张脸上往外看，而是从架在一个根本不存在的鼻子上的一副硕大无比的黄色眼镜里往外看。显然，是一位异想天开的眼科医生为了在皇后区的诊所招揽生意，把眼镜放在那里，后来大概他自己永远闭上了双眼，或者就是扔下它们自己搬走了。

虽然这双留下的眼睛，日晒雨淋，油漆剥落，渐趋暗淡，但是仍然若有所思，神情凝重地注视着这个灰烬堆。

灰烬谷的一侧被一条恶臭的小河包围，当吊桥升起让驳船通过时，火车上等待过桥的乘客可以盯着这片凄凉的景象看半个小时。火车在这里总是要停至少一分钟，正因为如此，我第一次见到了汤姆·布坎南的情妇。

无论他在哪里，人们都坚持认为他有一个情妇。熟悉他的人都很气愤，因为他经常带着情妇一起出入时髦的馆子，把她一个人留在桌旁，自己晃来晃去，和他认识的人闲扯。我虽然好奇，想看看她，但不想见到她——但我还是见到了。一天下午，我和汤姆一起坐火车去纽约，当我们乘坐的火车在灰烬堆旁停下的时候，他跳起来抓住我的胳膊肘，有点逼迫我下车的意思。

“我们下车，”他坚定地说，“我想让你见见我的女朋友。”

我以为他在午餐会上喝高了，所以才要我强行作陪。他傲慢地认为，我周日下午没啥更要紧的事情可做。

我跟着他跨过一道低矮的粉刷过的铁路围栏，在埃克伯格医生目不转睛的注视下，我们沿着公路往回走了一百码。唯一能看到的建筑是一排小黄砖房子，坐落在荒地的边缘，有点像供应当地居民生活用品的一条布局紧凑的主街，除此之外，几乎什么都没有。里面有三家商店，其中一家正在招租，另一家是通宵营业的餐馆，旁边有一条炉渣小道；第三家是一个车行，招牌上写着：乔治·B·威尔逊；业务范围：修车，汽车买卖。我跟着汤姆走了进去。

店内死气沉沉，空空如也；唯一可见的汽车是一辆福特汽车的残骸，上面布满灰尘，蜷缩在昏暗的角落里。我突然想到，这个车行莫不是个幌子，豪华而浪漫的公寓就藏在头顶上，这时店主自己出现在一间办公室的门前，用一块抹布擦着手。是一位金发碧眼、无精打采、面色苍白、略显英俊的男人。他看到我们时，那淡蓝色的眼睛里闪现出一丝暗淡的希望。

“你好，威尔逊，老兄，”汤姆说，高兴地拍了拍他的肩膀，“生意咋样？”

“还马马虎虎，”威尔逊难以置信地回答，“你打算什么时候把那辆车卖给我？”

“下个星期吧，我已经让我的人来做了。”

“你觉得进度很慢，是吗？”

“不，这速度还可以，”汤姆冷冷地说，“如果你有这种感觉，也许我还是把它卖到别的地方吧。”

“我不是那个意思，”威尔逊马上解释道，“我的意思只是……”

他的声音渐渐消失，汤姆不耐烦地环视了一下车行。然后我听到楼梯上有脚步声，不一会儿，一个身材粗壮的女人挡住了办公室门的光线。她三十五六岁，有点胖，但是她像有些女人一样，有几分肉感的风韵。她身穿一件深蓝色的彩色斑纹连衣裙，上面那张脸不能说有多美，但她身上有一种显而易见的活力，仿佛她身体的神经在不停地燃烧。笑意慢慢在她脸上浮现，从丈夫身边走过时，就当他幽灵一样不存在，和汤姆握手时，她眼里涌现出一种炽热的神采。然后她抿了抿嘴唇，头也不转，用一种柔和而沙哑的声音对丈夫说：

“你怎么不找两把椅子，让客人好坐下来。”

“哦，对，对。”威尔逊匆匆答应了，然后走向小办公室，他的身影立刻与水泥色的墙壁融为一体。一层灰白色尘土笼罩住了他的深色西装和浅色的头发，遮住了附近的一切——除了他妻子。这时她正走向汤姆身边。

“我想见你，”汤姆渴求地说，“搭下一班火车。”

“好吧。”

“我在车站下层的报摊等你。”她点了点头离开了，就在这时乔治·威尔逊拿着两把椅子正从办公室门里出来。

我们在路上比较隐秘的地方等她。再过几天就是七月四号了，一个灰蒙蒙、骨瘦如柴的意大利孩子正沿着铁轨放置一排鱼雷炮。

“真是个鬼地方，是不是？”汤姆说，皱着眉头和埃克伯格医生交流。

“太可怕了。”

“换换环境对她有好处。”

“她丈夫不反对吗？”

“威尔逊？他以为她去纽约看她妹妹。他是个呆子，自己是死是活都不知道。”

于是，汤姆·布坎南、他的女朋友和我一起去了纽约——或者确切地说不在一起，因为出于谨慎起见威尔逊夫人坐在另一节车厢里。汤姆还是有所顾忌，怕东埃格有熟人也坐这趟火车。

威尔逊夫人换了一件棕色花纹的平纹细布连衣裙，当到达纽约站汤姆扶她下车时，裙子紧紧地绷在她宽大的臀部上。她在报摊上买了一份《纽约漫谈》和一本电影杂志，在车站的药店里买了一些冰激凌和一小瓶香水。车站上层回音很大的车道上，她让四辆出租车开走了，才选中了一辆新的、淡紫色车身、灰色内饰的出租车，乘坐这辆车，驶出了这偌大的车站，进入灿烂的阳光中。她突然从车窗前转过脸，身体前倾，敲打着前面的玻璃。

“我想养一只这样的狗，”她认真地说，“我想买一只在公寓里养着。有狗真好。”

我们倒车，靠近一位头发灰白的老人，他与约翰·D·洛克菲勒长得惊人地相似。在他脖子上晃来晃去的篮子里，蜷缩着十几只不确定品种的刚出生的小狗。

“他们是什么品种的？”威尔逊夫人等老头走到出租车窗口时急切地问道。

“各种都有。女士，你想要什么？”

“我想养一只警犬，我想你不会有那种吧？”

这名男子疑惑地凝视着他手中的篮子，把手伸进去捏住小狗的后脖子，拎出一只，小狗直扭动。

“那不是警犬。”汤姆说。

“不，这确实不是一只纯正的警犬，”老头说道，声音里流露出失望的情绪。“这更像是一只万能㹴。”他用手抚摸着小狗后背上棕色毛巾似的皮毛，“瞧瞧这皮毛，简直就是一件天然的外套。养这只狗绝不用担心它会伤风感冒。”

“我觉得它很可爱，”威尔逊夫人热情地说，“多少钱？”

“那只狗？”他用赞赏的眼神看着它，“那只狗要十美元。”

这只万能㹴——毫无疑问，身上有些地方确实有万能㹴的某些特征，但是它的爪子白得出奇——它趴在威尔逊夫人的大腿上，就这样被易主了，她欣喜若狂地抚摸着这不怕伤风感冒的皮毛。

“是公的还是母的？”她含蓄地问道。

“那条狗？那条狗是公的。”

“是只母狗，”汤姆果断地说，“给你钱。用它再买十只吧。”

在夏天的周日午后，我们驱车前往第五大道，那里温暖柔和，呈现出一派田园风光，哪怕是看到一大群白羊转过街角，我也不会感到惊讶。

“停车，”我说，“我得在这儿和你们分手了。”

“不，你不能走，”汤姆很快插话道，“如果你不到公寓去，默特尔会生气的。是不是，默特尔？”

“一起去吧，”她恳求道，“我会给我妹妹凯瑟琳打电话让她也来。认识的人都说她很漂亮。”

“嗯，我很想去，但是……”

我们继续前进，掉头穿过中央公园朝城西一百多号的街道开去。在第 158 号大街，有一排像白色蛋糕似的公寓，车子在其中的某一幢前停下。威尔逊夫人向周围扫视了一圈，俨然一副皇后回宫的派头，抱着小狗和其他买的东西，傲慢地走了进去。

“我要让麦基夫妇上来，”当我们乘电梯上楼时她郑重其事地宣布，“当然，我也得给我妹妹打电话。”

公寓在顶层，有一间小客厅、一间小餐厅、一间小卧室和一个浴室。客厅被一套大得很不相称的织棉家具挤得满满当当，所以要想在室内走动那就总是会绊倒在法国仕女在凡尔赛宫的花园里荡秋千的画面上。墙上挂的唯一的画是一张放得特大的照片，显然是一只母鸡坐在一块模糊的岩石上。然而，从远处望去，母鸡变成了一顶女帽，一位身材富态的老太太俯视着房间。桌上放着几本旧版《纽约漫谈》报纸，还有一本《名叫彼得的西门》和几本专门散布百老汇丑闻的小刊物。威尔逊夫人首先关心的是这只狗。好不容易才说服电梯工去弄来一只垫有稻草的盒子和一些牛奶，他又主动买了一听又大又硬的狗粮饼干，有一块饼干在一碟牛奶里泡了整个下午，泡得稀巴烂。与此同时，汤姆打开了一个上了锁的五斗橱，从里边拿出一瓶威士忌。

我一生中只喝醉过两次，第二次就是那天下午；所以发生的一切都好像在云里雾里一般，模糊不清，尽管直到八点过后，公寓里还充满着明媚的阳光。威尔逊夫人坐在汤姆的腿上，给几个人打了电话；后来香烟没了，我就出去到街角的药店里买了一些。当我回来的时候，他们俩已经不见了，所以我心领神会地坐在客厅里，读起了《名叫彼得的西门》中的一章——要么是书的内容很烂，要么是喝完威士忌后酒劲上来了，因为我看不出其中的名堂。

就在汤姆和默特尔（第一杯酒后，威尔逊夫人和我相互直呼其名）再次出现时，客人们也开始陆续登门拜访了。

她的妹妹凯瑟琳是一个身材苗条、浑身俗气的女孩，大约30岁，留着一头浓密的红色短发，脸上的粉抹得像牛奶一样白。她的眉毛是拔掉后重新画的，画的角度有点别致，但是自然的力量要使其恢复旧貌，这样就使得她的脸部眉目不清。当她四处走动时，不停发出咔嗒声，无数的陶瓷手镯在她的手臂上面上上下下地窜动。她像是主人一般匆匆忙忙地走了进来，四处打量着家具，好像这些是她的一样，使我怀疑她是否住在这里。但我问她时，她开始肆无忌惮地放声大笑，重复了一遍我的问题，并告诉我她和一个女性朋友住在一家旅馆里。

麦基先生从楼下一层的公寓上来，他是一个面色苍白、娘娘腔的男人。他刚刚刮了胡子，因为他的颧骨上有一个白色的皂沫点，他对房间里的每一个人都很尊重。他告诉我，他是“吃艺术饭”的，后来才知道他是一名摄影师，并对威尔逊夫人母亲的相片做了放大处理，色彩偏暗，就像怪物似的挂在墙上。他的妻子说话声音很尖、无精打采、长相俊秀，让人有点讨厌。她自豪地告诉我，自从他们结婚以来，她的丈夫已经给她拍了一百二十七次照片。

威尔逊夫人不知什么时候又换了衣服，现在穿着一件精致的奶油色雪纺绸后礼服，在房间里走来走去时，这件礼服不断地发出持沙沙声。由于受这件衣服的影响，她的性格也发生了变化。之前在车行里她给人的印象是活力四射，此刻却变得傲慢十足。她的笑声、手势和语气变得越发做作。随着她的逐渐膨胀，屋子周围的空间被挤压得越来越小，到后来她似乎坐在烟雾弥漫的空气中的一根发出嘈杂的、吱吱作响的转轴上旋转。

“亲爱的，”她用矫揉造作的大嗓门对妹妹说，“这些家伙每次都会骗你。他们想到的都是钱。上周我找了一个女的在这里给我看看脚，她给我账单时，我还以为她把我的阑尾炎给治好了呢。”

“那个女人叫什么名字？”麦基夫人问道。

“埃伯哈特夫人。她经常到别人家里给别人看脚。”

“我喜欢你的裙子，”麦基夫人说，“我觉得它很漂亮。”

威尔逊夫人不屑地扬起眉毛，拒绝了这种恭维。

“这就是个旧破烂货，”她说，“有时候，我不在乎自己的形象时，我就随便穿一穿它。”

“但穿在你身上就很好看，如果你明白我的意思的话，”麦基夫人紧接着说，“如果切斯特能把你这个姿势拍下来，我想它一定棒极了。”

我们都默默地看着威尔逊夫人，她把眼睛上方的一缕头发移开，带着灿烂的笑容回头看着我们。麦基先生把头转向一边，聚精会神地看着她，一只手在脸前缓慢地来回移动。

“我应该换个角度，”过了一会儿他说，“我想把你的各种造型都展现出来。我还要尽量把你后面的头发也拍摄进来。”

“不用换角度，”麦基夫人喊道，“我想是……”

她的丈夫说了一声“嘘”，我们又把目光转向了摄影题材，这时汤姆·布坎南大声地打了个哈欠，站了起来。

“麦基先生，麦基夫人你们喝点东西吧，”他说，“默特尔，弄点加冰矿泉水来，要不大家都要睡着了。”

“我早就告诉那个小子送冰来了。”默特尔扬起眉毛，对下层社会人的懒惰感到绝望，“这些人！你必须得一直追着他们不可。”

她看着我，无趣地笑了。然后，猛地抱起小狗，欣喜若狂地亲了亲，然后大摇大摆走进厨房，那架势好像要给十几名等待命令的厨师分配任务。

“我在长岛拍过一些不错的。”麦基先生坚定地说。

汤姆茫然地看着他。

“有两张装了镜框装裱起来挂在楼下。”

“两张什么？”汤姆问道。

“两张专题作品。其中一张我称之为《蒙托克角——海鸥》，另一张我称为《蒙托克角——大海》。”

凯瑟琳在我旁边的沙发上坐下。

“你也住在长岛吗？”她问道。

“我住在西埃格。”

“真的吗？大约一个月前，我在那里参加了一个聚会。在一个叫盖茨比的人那里。你认识他吗？”

“我住在他隔壁。”

“嗯，他们说他是德国皇帝威廉的侄子或堂兄。这就是他所有钱的原因。”

“真的吗？”

她点点头。

“我有点怕他。不想和他扯上什么关系。”

麦基夫人突然指着凯瑟琳，打断了关于我邻居的这些引人入胜的信息。

“切斯特，我倒觉得你可以给她拍一张，”她突然说，但麦基先生只是无聊地点点头，把注意力转向了汤姆。

“要是有人帮忙的话，我想在长岛多搞点业务。我只要求他们给我一个开始的机会。”

“问问默特尔，”汤姆突然大笑起来，这时正好威尔逊夫人拿着托盘走了进来。“她会给你一封介绍信，默特尔，是吗？”

“做什么？”她吃惊地问道。

“你给麦基写封介绍信去见你丈夫，让麦基给你丈夫拍几张。”他的嘴唇默不出声地动了几下，继续胡诌一通，“《乔治·B·威尔逊在加油站》或类似的地方。”

凯瑟琳靠在我身边，在我耳边低声说道：“他们两个谁都受不了他们那口子。”

“是吗？”

“受不了他们。”她看了看默特尔，然后又看了看汤姆。“我想说的是，既然受不了对方，为什么还要住在一起？如果我是他们，我会离婚，然后再马上结婚。”

“难道她不喜欢威尔逊吗？”

这个问题的答案出乎意料。它来自默特尔，她无意中听到了这个问题，而且她说的话既粗暴又粗俗。

“你瞧，”凯瑟琳得意扬扬地喊道，她又压低了声音，“是他的妻子不能让他俩结婚。她是天主教徒，他们还不赞成离婚的。”

黛西不是天主教徒，我对这个谎言的详细程度感到有点震惊。

“如果他们果真结婚，”凯瑟琳继续说道，“他们要去西部生活一段时间，直到一切风平浪静再回来。”

“去欧洲会更稳妥一些。”

“哦，你喜欢欧洲吗？”她惊讶地喊道，“我刚从蒙特卡洛回来。”

“真的。”

“就在去年。我和另一个女孩去了那里。”

“待了很久？”

“不，我们去了蒙特卡洛，然后又回来了。我们取道马赛。刚开始的时候我们有1200多美元，但我们在赌场的小房间里两天就被骗光了。我告诉你，我们差点回不来。天哪，我恨死马赛这座城市了！”

窗外，夕阳下的天空显得格外柔和，就像蔚蓝色的地中海一样——然后麦基夫人尖锐的声音把我叫回了房间。

“我差点也犯了一个错误，”她声势浩大地宣称，“我差点嫁给了一个追求我多年的犹太小子。我知道他配不上我。每个人都对我说：‘露西尔，那个男的配不上你！’但如果我没有遇到切斯特，他保准会把我搞到手。”

“是的，可是你听我说，”默特尔·威尔逊不住地点头说，“好在你没有嫁给他。”

“我知道我没有。”

“嗯，我嫁给了他，”默特尔含糊地说，“这就是你我情况的不同。”

“你为什么要嫁给他，默特尔？”凯瑟琳问道，“又没有人强迫你这么做。”

默特尔想了想。

“我嫁给他是因为我觉得他是个绅士，”她最后说道，“我以为他有点教养，可是他连给我提鞋都不配。”

“你还为他疯狂了一段时间。”凯瑟琳说。

“为他疯狂！”默特尔难以置信地喊道，“谁说我为他疯狂？我从来没有爱过他，我对他的喜欢还没有对那边那个男人多呢。”

她突然指着我，每个人都用指责的眼神看着我。我努力做出一副不期望谁来爱的样子。

“唯一让我发疯的是当我嫁给了他，我马上就意识到我犯了一个错误。他连结婚时穿的西装都是从别人那里借来的，甚至从来没有告诉我这件事，有一天他不在的时候，那个男人过来讨要衣服。‘哦，那是你的西装吗？’我说，‘这是我第一次听说这件事。’但我把它还给了那个人，然后我躺在床上伤心地哭了一个下午。”

“她真的应该离开他，”凯瑟琳继续对我说，“他们在那个车行里住了十一年。汤姆还是她第一个相好的哩。”

这瓶威士忌没了——再来一瓶——所有在场的人都在不停地

喝酒，唯有凯瑟琳除外，她“什么都没喝，也感觉飘飘然”。汤姆打电话给看门人，让他去弄一些有名气的三明治，吃了可以当一顿晚餐。我想出去，穿过柔和的暮色向南走向公园，但每次我试图离开时，我都会陷入一些激烈的争论中，这些争论把我像用绳子一样拉回到椅子上。然而，在城市的高处，我们这排黄澄澄的窗户高居在城市的上空，一定给暮色苍茫的街道上一位观望的过客增添了一点人生的秘密，同时，我也像他一样，一边在仰望一边在寻思。我好像身在其中又置身事外，对人生的千变万化既感到陶醉，同时又感到厌恶。

默特尔把她的椅子拉到我的椅子旁边，突然她向我热情地讲述她和汤姆第一次邂逅的故事。

“故事发生在面对面的两个小座位上，通常这种座位是没有人坐的。我要去纽约看望我妹妹并在那里过夜。他穿着燕尾服和漆皮鞋，我目不转睛地看着他，但每次他看着我，我只得假装在看他头上的广告。当我们进站时，他就在我旁边。他白衬衫的前胸位置紧贴着我的手臂，于是我告诉他我要报警，但他知道我在说谎。我简直昏了头了，稀里糊涂就跟他上了出租车，还以为搭的是地铁哩。我心里始终想着一句话：‘你又不能永远活着，你又不能永远活着。”

她转向麦基夫人，房间里响起了她做作的笑声。

“亲爱的，”她喊道，“这件衣服我穿过后就送给你，我明天还要再买一件。我把自己要做的事情列一个清单。按摩、烫发、给狗买项圈，买一个带触摸弹簧的、小巧的烟灰缸，还要为母亲的坟墓买一个带黑色丝绸蝴蝶结的花环，可以放一个夏天的那种。我必须写一个清单，这样我就不会忘记我要做的所有事情。”

当时是九点，没过多久我又看了看手表，发现已经十点了。麦基先生在椅子上睡着了，两手握拳放在大腿上，这要是拍成一张照片，造型酷似一个实干家。我拿出手帕，从他的脸颊上擦去了一下午让我难受的干肥皂泡沫。

小狗坐在桌子上，两眼透过烟雾到处张望，不时发出微弱的哼哼声。人一会儿消失了，一会儿又出现了，商量要去某个地方，然后又找不到彼此了，找来找去，彼此就近在咫尺。午夜时分，汤姆·布坎南和威尔逊夫人面对面站着在争论，声音很激动，争论的内容是威尔逊夫人是否有权提及黛西的名字。

“黛西！黛西！戴西！”威尔逊夫人喊道，“我爱说什么就说什么！黛西！戴……”

汤姆·布坎南做了一个干脆、娴熟的动作，一巴掌扇在了威尔逊夫人的鼻子上。

然后，浴室里几条浸透了血的毛巾扔在地上，只听到女人们斥责的声音，混乱中传来阵阵痛苦的哀号。麦基先生从瞌睡中醒来，迷迷糊糊地走向门口。当他走到一半的时候，他转过身来，盯着现场——他的妻子和凯瑟琳一边骂一边安慰，她们在拥挤的家具里跌跌撞撞地走来走去，同时手里拿着医疗急救用品，威尔逊夫人绝望地坐在长沙发上，鼻血狂流不止，还想把一份《纽约漫谈》报铺在织棉椅套的凡尔赛风景上。然后麦基先生转过身，继续往门外走。我从枝形吊灯上摘下帽子，跟在后面。

“改天来吃午饭吧。”我们在电梯里哼哼唧唧下楼时，他建议说。

“去哪里？”

“随便什么地方都行。”

“别碰电梯开关。”电梯工厉声说道。

“对不起，”麦基先生不失尊严地说，“不好意思，我不小心碰到了。”

“好吧，”我答应了，“我乐意奉陪。”

……我站在他的床边，他坐在几张床单之间，穿着内衣，手里拿着一个大相册。

“《美女与野兽》……《孤独》……《杂货店老马》……《布鲁克林大桥》……”

然后，我半睡半醒地躺在宾夕法尼亚车站下层寒冷的候车室里，一边盯着早上的《论坛报》，一边等着四点钟的那趟火车。

第三章

整个夏夜，我的邻居家通宵奏乐，夜夜笙歌。在他的蓝色花园里，红男绿女，像飞蛾一般在星光下川流不息，窃窃私语、觥筹交错。下午涨潮时，我看见他的客人从他的木筏的跳台上跳下，或者在他私人海滩的热沙上晒太阳，而他的两艘摩托艇在海湾的水域中穿行，拖着滑水板驶过翻腾的浪花。周末，他的劳斯莱斯变成了一辆小巴士，从早上九点到午夜之间把一群群客人从城里接来到晚上再送回去，而他的旅行车则像一只活泼的黄虫子去火车站接所有的班车上下来的客人。周一，八名仆人，包括一名临时园丁，整天拿着拖把、刷子、锤子和修枝剪辛勤工作，收拾前一天晚上的残迹。

每周五，五箱橙子和柠檬从纽约的一家水果商那里运来——每周一，这些橙子和柠檬的果皮堆成的金字塔，都会从他的后门运出。厨房里有一台机器，只要管家的拇指按两百次小按钮，它就可以在半小时内榨出两百个橙子的汁液。

至少每两周有一次，一队餐饮服务人员带着几百英尺的帆布和足够的彩灯来到盖茨比巨大的花园里，为其制作一棵圣诞树。

自助餐桌上各色开胃冷菜琳琅满目，五香烤火腿周围摆满了各色沙拉、烤得金黄的乳猪和火鸡。在主宴会厅里，用真正黄铜杆搭建的酒吧，上面摆满了杜松子酒和烈性酒，还有各种罕见的利口酒，大多数女客人都太年轻了，傻傻分不清。

到了七点，管弦乐队已经到来，不是五人小乐队，而是一大堆双簧管、长号、萨克斯管、中提琴、短号、短笛，以及高低鼓配备齐全，应有尽有。最后一批游泳客人现在已经从海滩上来了，正在楼上穿衣服；来自纽约的汽车五辆一排停在车道上，各个大厅、会客室和阳台都装饰得五彩缤纷，女客们的发型争奇斗艳，披肩是卡斯蒂利亚[①]人做梦也想不到的。酒吧里热闹非凡，外面的花园里弥漫着鸡尾酒的香气，空气中充满了欢声笑语，到处都是转眼就忘的打趣和介绍，以及素不相识的女性之间的热情会面。

夕阳西垂，华灯初上，现在管弦乐队正在演奏欢快的鸡尾酒会音乐，歌剧的音调调高了。笑声此起彼伏，毫无节制地宣泄出来，只需一句笑话便可引起哄然大笑。你来我往，人群频繁变化，一会儿新来的客人激增，一会儿分散后又立刻重新组合；有的人四处徜徉，厚脸皮的女孩们在比较稳定的人群中穿梭，一会儿在片刻的欢腾中成为一群人注意的中心，一会儿又得意扬扬地在不断变化的灯光下，穿过变幻不定的面孔、声音和色彩扬长而去。

突然，其中一个吉卜赛人似的姑娘，穿得珠光宝气，抓起一

① 西班牙一个以制作头巾著名的地区。

杯鸡尾酒，一饮而尽来壮胆，然后手舞足蹈，独自在帆布平台上跳舞。片刻的安静，管弦乐队指挥亲切地为她改变节奏，随后响起一阵叽叽喳喳的声音，人们议论纷纷，因为消息传开，她是时事讽刺剧中吉尔达·格雷的替角。聚会已经开始了。

我相信，在我去盖茨比家的第一个晚上，我是少数几个真正受到邀请的客人之一。好多人没有受到邀请——他们也去了那里。他们上了汽车，车子把他们送到长岛，不知怎么的就停在了盖茨比的家门口。一到那里，他们就由认识盖茨比的人介绍，之后他们按照游乐园的行为规则行事。有时他们来来往往，根本没有见过盖茨比，带着一片至诚的心来参加聚会，这就算是他们自己的入场券。

我确实是受到了邀请。那个周六早上，一位身穿蓝色制服的司机穿过我的草坪，带来了一份他雇主发出的、措辞正式的请柬，上面写着：如蒙我能参加盖茨比当晚的“小派对”，那盖茨比将是无比荣幸。他看到我好几次，早就打算来拜访我，但因种种原因未能如愿——杰伊·盖茨比，落笔很有气势。

七点刚过，我穿着白色法兰绒来到他的草坪上，我局促不安地在素不相识的人群中转来转去——虽然偶尔也有我在通勤火车上见过的人打个照面；我注意到客人中有不少英国年轻人，个个都穿着得体，却面露饥色，都在热情地与成功富有的美国人低声交谈。我确信他们在出售一些东西：债券、保险或汽车。他们个个都很焦急，知道眼前就有唾手可得的赚钱机会，并且相信，只要说话得体，钱就到手了。

我一到，就试图找到主人，但我向两三个人打听他的下落时，他们都目瞪口呆地盯着我，并矢口否认知道他的行踪，所以我悄悄地朝着鸡尾酒会的方向走去——这是花园里唯一一个男人可以逗留而不显得无聊和孤独的地方。

我百无聊赖，正准备喝个酩酊大醉，这时乔丹·贝克从房子里出来，站在大理石台阶的顶端，头微微向后仰着，带着轻蔑的神情俯瞰着花园。

不管人家欢迎与否，我得给自己找个伴儿，否则就只有对过往的人寒暄的份儿了。

“你好啊！”我大声打着招呼向她走去。我的声音在花园里大得有些不自然。

“我想你可能在这里，”我走上前，她心不在焉地回答。“我记得你住在隔壁……”她带搭不理地和我握了握手，表示她过一会儿再来关照我，接着去倾听台阶下面两个穿着一模一样黄色连衣裙的女孩说话。

“你好！”她们一起喊道，“你没有赢真的很遗憾。”

那是高尔夫锦标赛。她在前一周的决赛中输了。

“你不知道我们是谁，”其中一个穿黄色衣服的女孩说，“但我们大约一个月前在这里见过你。”

“你们后来染了头发。”乔丹说，我吃了一惊，但是两个女孩已经漫不经心地走开了，她的话是针对早升的月亮说的，月亮和晚餐的酒菜一样，无疑月亮就像是被做成了晚餐，都是从酒席承包商的篮子里拿出的。乔丹纤细的金色手臂挽着我的手臂，我们走下台阶，在花园里漫步。黄昏时分，一盘鸡尾酒向我们飘来，我们和两个穿着黄色衣服的女孩还有三个男人坐在一张桌子旁，介绍给我们的时候，名字都含糊其词，一句带过。

“你经常来参加这些聚会吗？”乔丹问她身边的女孩。

“我上次参加了，就是在那次聚会上我遇到你的，”女孩用一种机灵而自信的回答。她转向她的同伴：“你是不是也一样，露西尔？”

露西尔也一样。

“我喜欢来这里，”露西尔说，“我从不在乎自己做什么，只要玩得很开心就行。上次我在这里的时候，我在椅子上撕破了我的长袍，他问我的名字和地址——不到一周，我就收到克罗伊公司寄来的一个包裹，里面是一件新的晚礼服。”

“你收下了吗？”乔丹问道。

“我当然收下了。我今晚本来打算穿的，但礼服的胸部太大了，必须改一下。衣服是淡蓝色，镶有淡紫色珠子。265 美元。”

“这家伙会做这样的事，真有点好笑。”另一个女孩急切地说，“他不想得罪任何人。”

“谁不愿意？”我问道。

“盖茨比。有人告诉我……”

两个女孩和乔丹把头诡异地靠在一起。

“有人告诉我，他们认为他曾经杀过一个人。”

我们大家都惊讶不已。三位含糊其词的先生把头凑过来，竖起耳朵倾听。

“我认为不是那么回事，”露西尔心存疑虑地争辩道，“更重要的是，他在战争期间是一名德国间谍。”

其中一名男子点头表示赞同。

“我从一个了解他的人那里听说过，那个人在德国和他一起长大。”他肯定地向我们保证。

“哦，不，”第一个女孩说，“不可能是这样，因为战争期间他在美国军队服役。”当我们又倾向相信她的话时，她热情地把头向前倾了倾。“你只要趁他认为没有人在看他时看他一眼。我敢打赌他杀过一个人。”

她眯起眼睛，颤抖着。露西尔颤抖着。我们都转过身来，四处寻找盖茨比。有些人认为在这个世界上没有什么事情值得窃窃私语了，可正是这些人在窃窃私语地谈论盖茨比，这足以证明了他引发的浪漫遐想。

第一顿晚餐——午夜后还会有一顿——现在正在供应，乔丹邀请我加入她自己的派对，他们围坐在花园另一边的一张桌子旁。有三对已婚夫妇，还有一位陪同乔丹来的大学生，这个人死皮赖脸，说话含沙射影，给人的印象好像乔丹迟早会委身于他。这群人没有到处闲逛，而是正襟危坐，自成一体，俨然一副乡村贵族代表的派头——东埃格屈尊光临西埃格，并小心提防其灯红酒绿的欢乐。

“我们离开这里吧，”乔丹低声说道，这时已莫名其妙地过去了半小时，“这里的氛围对我来说太斯文了。”

我们站起来，她解释说我们要去找主人：“我从来没有见过他。”她说，这使她局促不安。这位大学生点点头，神情既有点愤世嫉俗，又有点沮丧忧郁。

我们先瞥了一眼酒吧，挤满了人，但盖茨比不在。她从台阶上往下看，找不到他，他也不在阳台上。我们想冒下险，试着推开一扇看起来很重要的门，走进了一座高高的哥特式图书室，图书室的镶板是用英国橡木雕花的，可能是从海外的某处古迹原封不动运来的。

一个身材魁梧的中年男子，戴着一副巨大的猫头鹰式眼镜，有点醉醺醺地坐在一张大桌子的边缘，目不转睛地盯着书架。我们进去时，他兴奋地转过身来，从头到脚打量着乔丹。

“你觉得怎么样””他唐突地问道。

“什么怎么样？”他用手指了指书架。

“关于那个。事实上，你不必费心去确认。我早就确认过了。它们绝对是真的。”

“图书？”他点点头。

“绝对真实——有页码，该有的都有。我以为它们会是一块很好的耐用纸板。事实上，它们绝对真实。页码和……等等！让我拿给你看。”

他认为我们的怀疑是理所当然的，于是冲到书架前，带着《斯托达德演讲》第一卷回来了。

“你瞧！”他得意扬扬地喊道，“这是一张真正的印刷品。它骗了我。这家伙是一个正经的的贝拉斯科人[①]。这是一场胜利。

---

① 大卫·贝拉斯科：美国演剧史上一位重要的导演、剧作家。

多么彻底！多么逼真！也知道什么时候该停下来——没有剪下页面。你还想要什么？你还期待什么？”

他从我手中夺过那本书，匆匆地把它放回书架，嘴里喃喃自语地说，如果一块砖被移走，整个图书室都可能倒塌。

“谁带你来的？”他问道，“还是你刚来？我是被人带过来的。大多数人都被带了进来。”

乔丹警觉地、兴高采烈地看着他，没有回答。

“我是由一个叫罗斯福的女人带过来的，”他继续说道，“克劳德·罗斯福夫人。你认识她吗？我昨晚在某个地方见过她。我已经醉了大约一个星期了，我想坐在图书馆里可能会让我清醒过来。”

“清醒一点了吗？”

“清醒一点了，我想。我还说不出来，我在这里才一个小时。我告诉你这些书的事了吗？它们是真的。它们是……”

“你告诉我们了。”

我们严肃地和他握握手，然后回到了户外。

现在花园里的帆布上有人正在跳舞；老头儿推着年轻的女孩往后倒退，无休止地转着难看的圈圈，傲慢的夫妻抱在一起，跳着时髦的舞步，躲在角落里扭来扭去，——还有很多单身女孩在跳个人舞，或者帮乐队弹奏一会儿班卓琴或敲击一会儿打击乐器。到了午夜，人们的欢声笑语增加了。一位著名的男高音歌手用意大利语演唱，一位女低音歌手合着爵士乐节奏演唱，十分难听，花园里众人在围观特技表演，夏日的天空中升起阵阵欢快、空洞的笑声。一对舞台双胞胎——原来就是穿黄色衣服的两个女孩——穿着戏服表演了一场婴儿戏，香槟酒一杯杯端上来，杯子比洗手用的小碗还大。月亮升得更高了，海湾里漂浮着一个由银色鳞片组成的天平，伴随着草坪上班卓琴铿锵的琴声而颤抖。

我仍然和乔丹·贝克待在一起，我们坐在一张桌旁，同坐的还有一个与我年龄相仿的男人及一个爱吵闹的年轻姑娘，她动辄就放声大笑。我现在玩得很开心。我已经喝了两大杯香槟，眼前的景象已经变得意味深长、淳朴自然又高深莫测。

在表演的间歇，那个男人看着我笑了笑。

“看你很面熟，”他礼貌地说，“战争期间你是不是在第三师？”

“嗯，正是。我在第二十八步兵团。”

“我在十六步兵团一直待到 1918 年 6 月。我就说嘛，我以前在哪里见过你。”

我们聊了一会儿法国的那些潮湿、灰暗的小村庄。显然，他就住在附近，因为他告诉我，他刚买了一架水上飞机，打算早上试一下。

“要和我一起去吗，老兄？就在海湾附近的海岸边。”

“什么时候？”

“只要你方便，随时都可以。”

我正要问他尊姓大名，这时乔丹转过头来，笑了笑。

“现在玩得开心吗？”她问道。

“好多了。”我再次转向我刚认识的那个人，“对我来说，这是一个不同寻常的聚会。我还没见过主人呢。我住在那边……”

我向远处无形的树篱挥挥手，“盖茨比派他的司机送来了请柬。”

他朝我看了一会儿，好像没听懂我的话。

“我是盖茨比。”他突然说道。

“什么！”我惊叫道，“哦，真是对不起。”

“我以为你知道，老兄。恐怕我不是一个好主人。”

他心领神会地一笑——不只是心领神会。这是一种罕见的微笑，其中带有一种永恒的善意，这一辈子你也不过能遇到四五次而已。它面对着——或者似乎面对着——整个永恒世界的刹那，然后把注意力集中在你身上，对你表现出无比的偏爱。他了解你恰恰到希望你想被了解的程度——相信你，就像你乐于相信自己那样——并且叫你放心他对你的印象正是你最风光时希望留给别人的印象。正是在那一刻，他的笑容消失了——我看着一个风度翩翩的年轻人，三十一二岁，说起话来，文质彬彬，几乎有点可笑。在他做自我介绍之前，我有一种强烈的印象，那就是他说话很谨慎。

就在盖茨比先生亮明身份的那一刻，一名管家匆匆向他走来，告诉他有个从芝加哥打来的电话要他接听。他依次向我们每个人微微鞠躬，以表歉意。

“你需要什么尽管说，老兄，”他恳切对我说，“对不起。我稍后再回来陪你。”

当他走后，我立刻转向乔丹——迫不及待想要告诉她我有多吃惊。我原以为盖茨比先生人到中年，一定是红光满面，大腹便便。

“他是谁？”我问道，“你知道吗？”

“他只是一个叫盖茨比的人。”

“我的意思是，他从哪里来？他是做什么的？”

“现在你开始讨论这个话题了，”她微微一笑回答，“嗯，有一次他告诉我，他上过牛津大学。”

他的身世有点扑朔迷离，但在她下一句话中，这种感觉逐渐消失了。

“然而，我不太相信。”

“为什么不相信呢？”

“我不知道，”她坚持说，“我只是觉得他没去那里。”

她的语气让我想起了另一个女孩说的“我觉得他杀过人”，这句话激发了我的好奇心。不管盖茨比是从路易斯安那州沼泽地蹦出来的也罢，还是从纽约东部贫民窟底层走出来的也罢，诸如此类不一而足，这些我都可以理解。但年纪轻轻的不可能——至少按照我有限的经历，不能理解——突然不知从哪里冒出来，就在长岛海湾买了一座宫殿式豪华别墅。

“不管怎样，他经常举办大型派对，”乔丹像许多城里人一样讨厌纠缠细枝末节，所以才转移了话题，“我喜欢大型派对，其乐融融。在小型派对上完全没有个人隐私可言。”

一阵低音鼓的隆隆声响起，接着传来管弦乐队指挥的声音，压过花园里的嘈杂声。

“女士们，先生们，”他喊道，“按盖茨比先生的要求，我们将为各位演奏弗拉基米尔·托斯托夫的最新作品，该作品去年五月在卡内基音乐厅吸引了很多人的注意力。如果你看过报纸，你就知道它曾引起了很大轰动。”他面带微笑，笑容里充满了一种心旷神怡的优越感，补充说道：“那是相当的轰动啊！”于是引得大家哄堂大笑。

“这首曲子叫作《弗拉基米尔·托斯托夫的爵士乐世界史》，”他兴奋地总结道。

托斯托夫先生乐曲的性质到底是怎么回事我没注意到，因为就在演奏开始的时候，我的目光落在了盖茨比身上，他独自站在大理石台阶上，用赞许的目光从一组人看向另一组人。他面部黝黑的皮肤紧致而充满魅力，短发看起来好像每天都在修剪似的。我看不出他有什么邪恶之处。我想知道他不喝酒的事实是否有助于把他和他的客人截然分开，因为在我看来，随着其乐融融的欢乐气氛的增加，他变得越发稳健了。等到《爵士乐世界史》结束时，女孩们就像呆萌的小狗一般乐滋滋地把头靠在男人的肩上，女孩们开玩笑地向后昏倒在男人的怀里，甚至倒进人群里，知道反正有人会将她们托住——但没有人向后昏倒到盖茨比身上，也没有法国式短发碰到盖茨比的肩膀，没有人组织四重合唱团来邀请盖茨比加入。

“对不起。”

盖茨比的管家突然站在了我们旁边。

“你是贝克小姐吗？”他问道，“对不起，盖茨比先生想和你单独聊聊。”

“和我聊聊？”她惊讶地喊道。

“是的，小姐。”

她慢慢地站起来，惊讶地向我扬起眉毛，跟着管家走向房子。我注意到她穿着晚礼服，她的礼服完全像运动服一样——她走起路来的动作轻盈，就好像她第一次学会在空气清新的早晨在高尔夫球场上行走一样。

我独自一人待着，差不多凌晨两点了。有一阵子，从阳台上一个长长的、有许多窗户的房间里传出嘈杂的声音，引起了大家的注意。我躲开了乔丹的追求者——那个本科生，他现在正在和两个合唱团的女孩大谈助产术，并恳求我加入他的行列，但是我溜走了，进入了室内。

偌大的房间里挤满了人。其中一个穿黄衣服的女孩正在弹钢琴，旁边站着一位来自著名合唱团的高个子的年轻的红发女郎，她正在唱歌。她香槟酒喝高了，在唱歌的过程中，她极不恰当地认为世间万物都值得悲哀——她不仅在唱歌，而且还在哭泣。每当曲中有停顿的地方，她都会用伤心的啜泣来填补，然后以颤抖的女高音继续唱词。泪水顺着她的脸颊流下——然而，泪水并非四散流动，因为当它们遇到她那画得浓浓的睫毛时，就变成了黑墨水，像两条黑色溪流在继续缓慢往下流淌。有人开玩笑，让她唱她脸上的那些音符，于是她将双手向上一扬，栽倒在椅子上，醉醺醺地大睡起来。

“她刚才和一个自称是她丈夫的男人打了一架。”我身边的一个女孩解释道。

我环顾四周。剩下的大多数女性现在都在与她们所谓的丈夫发生争执。甚至乔丹那一伙，来自东埃格的四个人，也因意见不合而四分五裂。其中一名男子正与一名年轻女演员谈得来劲，他的妻子起初还保持尊严，满不在乎的样子，后来完全崩溃了，并采取了侧翼攻击——时不时出现在他的身后，像一条蛇愤怒时嘴里发出嘶嘶声一样，对着他的耳朵说："你答应过的！"

不愿回家不仅限于任性的男人。大厅里现在坐着两个极其清醒的男人和他们暴跳如雷的妻子。两位妻子们略微提高了嗓门，互相安慰。

"他一看到我玩得很开心，就要回家。"

"我这辈子从没见到过像他这么自私的。"

"我们总是第一个离开的。"

"我们也是。"

"不过，我们今晚几乎是最后一个了，"其中一个男人满脸窘相地说，"管弦乐队半钟头前就离开了。"

尽管两位妻子一致认为这种恶毒的话语让人难以置信，但这场纠纷在短暂的打斗中收场了，两位妻子都被丈夫抱起来，双脚乱踢，消失在黑夜里。

当我在大厅等着拿帽子时，图书室的门打开了，乔丹·贝克和盖茨比一起走了出来。他正在对她说最后一句话，但当几个人走过来向他道别时，他的急切态度突然变得一本正经起来。

乔丹的同伴们在门廊里不耐烦地召唤她，但她又逗留了一会儿，与我握手道别。

"我刚刚听到一件匪夷所思的事情，"她低声说道，"我们在那里待了多久？”

“喔，大约个把钟头。”

“简直太匪夷所思了，”她神情专注地重复着道，“但我发誓不会告诉别人，现在我在逗你。”她优雅地当着我的面打了个哈欠，“有空来看我……电话簿……西格妮·霍华德夫人的名字……我的姑姑……”她一边说话一边匆匆离去——她活泼地挥舞着晒黑的手以示告别，然后就消失在门口那群人中。

我第一次做客就待到这么晚，我感到很难为情，于是就走到盖茨比的最后一批客人那边去，他们都簇拥在他身边。我想去解释一下，其实晚会开始前我就去找他了，在花园里遇见他却不认识他，为此向他表示道歉。

“没关系，”他热切地嘱咐我，“别放在心上，老兄。”这个暖心的称呼比之前用手轻拍我的肩膀所传递出的情感让我更亲切。“别忘了，我们明天早上九点要乘水上飞机哦。”

然后管家来到他身后说：“费城有电话找你，先生。”

“好的，稍等。告诉他们我马上就到……晚安。”

“晚安。”

“晚安。”他笑了笑，突然间，成为最后一个离开的人似乎有一种令人愉快的意义，仿佛他一直希望如此。“晚安，老兄……晚安。”

但当我走下台阶时，我发现夜晚还没有完全结束。离门50英尺远的地方，十几盏汽车的前灯照亮了一片奇异而混乱的景象。路边的沟渠里，离盖茨比家不到两分钟路程的地方，一辆新的四轮轿车仰面朝天，右侧向上，一个轮子被狠狠地撞飞了。是墙的突出一角把轮子撞掉的，有五六个司机在看热闹。但是，由于他们把车停在路上造成了道路堵塞，后面的车一直在按喇叭，发出刺耳的噪音，这使得原本就混乱不堪的场面乱成了一锅粥。

一个穿着长风衣的男人从出事的车子里爬了出来，此刻站在马路中央，看看汽车，瞅瞅轮胎，然后再看看围观者，脸上带着一种愉快而困惑的表情。

“你看！”他解释道，“车子掉进沟里了。”

显然这件事让他大吃一惊，开始我只觉得他的吃惊有些与众不同，后来我认出他了——他就是之前光顾盖茨比图书室的那位。

“这是怎么搞的？”

他耸耸肩。

“我对机械一窍不通。”他果断地说。

“到底是怎么搞的？你撞到墙上了吗？”

“别问我，”猫头鹰眼镜说，把责任推得一干二净，“我对开车知之甚少——几乎一窍不通。事情已经发生了，我只知道这些。”

“好吧，如果你不会开车，你就不应该在晚上开呀。”

“可是我连试都没试，”他愤怒地解释道，“我甚至连试都没试啊。”

围观者都惊讶得说不出话来。

“你想自杀吗？”

“你还算幸运的，幸亏只是一个轮子掉了！不会开车，连试都没试！”

“你不明白的，”肇事者解释道，“不是我在开车。车里还有一个人。”

他的这句话引起的震惊带来了一阵“啊……啊……啊”的声音，随着车门慢慢打开，人群——此刻已经是一大群了——不由自主地后退了一步，当门全部打开以后，现场死一般的寂静。然后，逐渐地，一点一点地，一个面色苍白、摇摇晃晃的人从出事的车里跨了出来，用穿大舞蹈鞋的脚试探性地在地面上点了几下。

这位幽灵般的人被汽车前灯的亮光照得睁不开眼睛，被不绝于耳的喇叭声弄糊涂了，他站在那里摇晃了一会儿，才发现那个穿风衣的人。

“怎么了？”他平静地问道，“我们的汽油用完了吗？”

“看！”

五六个人用手指指向被撞掉的轮子——他盯着它瞅了一会儿，然后向上看，好像怀疑它是从天上掉下来的。

“它掉了。”有人解释道。

他点点头。

“起初我没有注意到我们已经停下来了。”

他稍做停顿。然后，长长地吸了一口气，挺直肩膀，用坚定的声音说道：

“谁能告诉我哪里有加油站吗？”

至少有十几个男人，其中有几个人脑子比他清醒一点，向他解释说，车轮和车身已经分家了。

“倒车，”过了一会儿，他建议道，“挂倒挡。”

“可是轮子已经掉了！”

他犹豫了一下。

“试试也无妨嘛。”他说。

刺耳的喇叭声达到了高潮，我转身穿过草坪向家走去。我回头看了一眼。一轮圆月照耀着盖茨比豪宅的上空，使夜色依然如先前一样美好，花园里仍然华灯璀璨，但欢声笑语已荡然无存。华丽的门窗里突然透出一股死一般的空虚，映衬出主人的身影似乎越发显得孤独，他站在门廊上，举起一只手正式和大家道别。

我认真通读到目前为止我所写的内容，我发现我给人的印象是，这几周的三个晚上断断续续发生的事情已经完全占据了我的身心。然而，它们只不过是忙碌的夏季里的偶然事件，所以后来，我对它们的关心程度大大降低，远不如对我自己的个人私事那么上心。

大部分时间我都在工作。清晨，太阳把我的影子投向西边时，我便匆匆忙忙地沿着纽约南部摩天大楼间的白色缝隙前往诚信信托基金公司。我跟其他职员和年轻的债券销售员混熟了，和他们一起在黑暗拥挤的餐厅里共进午餐，吃的是小猪肉香肠、土豆泥和咖啡。我甚至和一个住在泽西市、在会计部门工作的女孩有过一段短暂的恋情，但她哥哥开始给我脸色看，所以当她 7 月份去度假时，我便让这段恋情默默地结束了。

我通常在耶鲁俱乐部吃晚饭——不知什么缘故，这是我一天中最郁闷的事情——然后我上楼去图书室，认真学习一个小时的投资和证券知识。周围总有些吵吵闹闹的人，但他们从来不进图书室，所以这里是一个不错的学习场所。学习之后，如果晚上天气适宜的话，我会沿着麦迪逊大道漫步，经过旧的默里山酒店，然后穿过33街到达宾夕法尼亚火车站。

我开始喜欢纽约，喜欢它在夜晚的奔放、冒险的情调，可以心满意足地看着不断闪过的红男绿女，以及川流不息的车辆，这些都令人眼花缭乱，目不暇接。我喜欢漫步在第五大道上，喜欢从熙来攘往的人流中挑选出几个风流女郎，幻想几分钟后我将进入她们的生活，没有人会发现或是反对。有时，在我的脑海中，我跟着她们走到她们位于隐蔽街角的公寓，她们回眸一笑，然后进了一扇门，便消失在温馨的夜色中。在这个大都市迷人的夜色中，我有时会感到一种挥之不去的孤独，其他人也如我一般感同身受——穷困的年轻职员，他们在橱窗前徘徊，等到了饭点独自进去吃顿晚饭——以打发每个夜晚和生活中最令人难熬的时光。

时间又到了晚上八点，四十几号街那一带黑暗的小巷里隆隆作响的出租车五辆一排开往剧院区，这时我心里感到一种莫名的惆怅。出租车停下来时，车里的人相互靠在一起，有唱歌的声音，还有听不见的说笑逗乐，还有点燃的香烟在里边形成的一个个模糊的亮圈。幻想着我也在匆忙地赶去寻欢作乐，分享着他们内心的激动，我暗暗地为他们祝福。

我有一阵子看不见乔丹·贝克了，后来在盛夏时节又找到了她。起初，能和她一起去一些地方我深感荣幸，因为她是高尔夫冠军，每个人都知道她的鼎鼎大名。后来我发现不只是这些。事实上我并没有真正爱上她，只是一种好奇。她对世人摆出一副厌烦而傲慢的面孔，其背后隐藏的是什么东西——大多数做作的言行都掩盖了点什么，尽管一开始并没有，但最终有一天，我还是发现了事情的真相。当我们一起在沃里克参加一个家庭聚会时，她把一辆借来的车车棚没拉上就放在雨中，然后撒了个谎。突然间，我想起了那天晚上在黛西家我没能想起来的关于她的故事。在她的第一次大型高尔夫锦标赛上，有一场争吵几乎登上了报纸——有人说在半决赛中她把球从一个不利的位置上移动过。这件事接近丑闻的程度，然后平息了。一名球童收回了他的话，另一名唯一的目击者承认他可能搞错了。这件事和她的名字一直萦绕在我的脑海中。

乔丹·贝克本能地避开聪明、敏锐的男人，现在我明白了，这是因为她认为只有在人人都循规蹈矩的社交圈里才有安全感。她极其不诚实。她无法忍受自己落于下风，考虑到她这种不情愿的程度，我想她从很小的时候就开始要各种花招了，目的是对外界保持既冷峻又傲慢的笑容，同时还要满足她那矫健有力、精力充沛的身体的需求。

这对我来说无所谓。女人不诚实，向来都是一件很难苛责的事情——我只是当时感到遗憾，然后很快就忘了。同样还是在那次家庭聚会上，我们就开车问题进行了一次有趣的交谈。因为她从几个工人身边开过去，离得太近，挡泥板擦到了一个工人上衣的纽扣。

“你太粗心了，”我严肃地对她说，“你应该再小心点，要不干脆别开车。”

“我很小心了。”

“得了吧，你并不小心。”

“不要紧，其他人会小心的。”她淡淡地说。

“这和其他人有啥关系？”

“他们会给我让路的，”她固执地说，“双方都不小心才会出事。”

“假设你遇到一个和你一样粗心的人。”

“我希望永远不要遇到，”她回答，“我讨厌粗心的人。这就是我为什么喜欢你的原因。”

她那双灰色的、被太阳晒得眯缝的眼睛直盯着前方，但她故意改变了我们的关系，有一刻我觉得我爱上了她。但我反应迟钝，而且满脑子的清规戒律都在抑制我的各种欲望，我知道我首先要做的是必须彻底摆脱原来家乡的那场纠纷。我仍然每周都会给她写封信，并在信末落款署名：“爱你的，尼克”，可我满脑子想的都是那个打网球的姑娘，她的上唇上方总会出现像小胡子一样的一溜微微的汗珠。不管怎样，我隐隐约约地意识到，要想重获自由，必须首先巧妙地摆脱那场纠纷。

每个人都设想自己至少拥有一种基本美德，我的美德就是：我所认识的诚实本分的人为数不多，而我自己就是其中的一个。

第四章

星期天早上，当教堂的钟声回荡在海岸边的村庄时，时髦社会的红男绿女们又回到盖茨比的海边别墅，在他的草坪上寻欢作乐。

“他是个私酒贩子，”少妇们穿梭在他家的花丛间，一边窃窃私语，一边喝着鸡尾酒。“有一回，他杀了一个人，那个人发现他是兴登堡的侄子，魔鬼的远房表兄弟。亲爱的，递给我一朵玫瑰，再给我往那只水晶杯里倒一点酒。”

有一次，我在一张时间表的空白处写下了那年夏天来过盖茨比别墅的人的名字。现在这已经是一张很旧的时间表了，沿着折痕快要散架了，上边印着“此表 1922 年 7 月 5 日正式生效”。但我仍然能隐约看见上面的名字，与我的笼而统之相比，它们会清晰地告诉你哪些人接受过盖茨比的款待却对盖茨比一无所知，但他们对主人仍怀有一丝微妙的敬意。

然后，来自东埃格的是切斯特·贝克尔夫妇和利奇夫妇，还有一个我在耶鲁大学认识的叫本森的人，还有去年夏天在缅因州溺水身亡的韦伯斯特·瑟维特医生。还有霍恩·比姆一家、威利·伏尔泰一家，还有一个叫布莱克巴克的家族，他们总是聚集在一个角落里，像山羊一样向任何靠近的人翘起鼻子。还有伊斯梅一家、克里斯蒂一家（或者更确切地说是休伯特·奥尔巴赫和克里斯蒂的妻子），还有埃德加·比弗，据说，在一个冬天的下午，他的头发无缘无故地变成了雪白色。

我记得克拉伦斯·恩迪夫来自东埃格。他只来过一次，穿着白色灯笼裤，在花园里和一个叫埃蒂的懒汉打了一架。从岛上更远的地方来的凯德拉夫妇和O.R.P·斯克雷多夫妇，佐治亚州的思东沃·杰克逊·艾布拉姆斯，以及菲斯迦德夫妇和瑞普利·斯奈尔夫妇。斯奈尔在坐牢的前三天就在那里，喝得酩酊大醉躺在砾石车道上，结果尤利西斯·斯威特夫人的汽车从他的右手上碾过。丹赛夫妇也来了，还有年过六旬的S.B·怀特贝特、莫瑞斯·A·福林克、汉姆海德夫妇、烟草进口商贝鲁迦和贝鲁迦的女儿们。

来自西埃格的是波尔一家和穆雷迪一家、塞西尔·罗巴克、塞西尔·舍恩和州参议员古利克，以及卓越影视公司的后台老板纽顿·奥奇德，还有埃克豪斯特、克莱德·科恩、小唐·S·施瓦茨和亚瑟·麦卡蒂，他们都跟电影业有着这样那样的联系。凯特利普夫妇、贝蒙伯格夫妇和G·厄尔·马尔东，就是后来勒死妻子的那个姓马尔东的人的兄弟。推销商达·方塔诺来了，艾德·里格罗斯和詹姆斯·B（别名“烂肠”），费瑞特、德·琼夫妇和厄内斯塔·利里——他们来赌博，当费瑞特走进花园时，这意味着他已经输得精光了，第二天联合运输公司的股票又得大涨一波、获利丰厚。

一个叫克利普斯普林格的人经常在那里待很长时间，所以他被称为“寄宿者”——我怀疑他是否还有其他地方可以落脚。戏剧界人士中有古斯·威兹、霍瑞斯·奥多诺万、莱斯特·梅尔、乔治·杜克韦德和弗朗西斯·布尔。从纽约来的还有科罗美斯夫妇、贝克海森夫妇、丹尼克尔斯夫妇、拉希尔·贝蒂夫妇、科里根夫妇、凯拉赫夫妇、德沃斯夫妇、斯克利夫妇、S.W·贝尔科尔夫妇、斯默科夫妇和现在离了婚的小奎因斯夫妇，还有亨利·L·派尔莫托，他后来在纽约时报广场跳到一列地铁列车前自杀了。

本尼·麦克莱纳汉总是带着四个女孩来。每次来的女孩都不是同一批人，但她们长相都差不多，所以看起来她们以前好像都来过。我忘记了她们的名字——我想是杰奎琳，或者是康秀拉，或者格洛瑞亚，朱迪，或者琼什么的，她们的姓氏要么是悦耳动听的花名和月份名一类的，要么是令人肃然起敬的美国伟大资本家的大姓，如果有人追问，她们会承认自己是这些资本家的表亲。

除此之外，我还记得弗斯缇娜·欧布瑞恩至少去过那里一次，还有贝达克家姐妹和小布鲁尔，就是在战争中鼻子被枪打掉的那位，还有阿尔布鲁克斯伯格先生和他的未婚妻海格小姐，以及阿迪达·菲兹彼得夫妇和曾任美国退伍军人协会主席的P·杰维特先生，还有克劳迪亚·希普小姐和一位被认为是她司机的男伴，还有一位某某亲王，我们叫他公爵，即使我原来知道他的名字，也已经忘记了。

所有这些人都是在夏天来过盖茨比的别墅的。

七月下旬的一个上午，九点钟，盖茨比那辆华丽的轿车在崎岖的车道上颠簸着驶到我的门口，从它的三音符喇叭里发出一阵旋律。这是他第一次来找我，尽管我参加过他的两个派对，坐过他的水上飞机，并应他的热情邀请，经常光临他的海滩。

“早上好，老兄。你今天和我一起共进午餐吧，我们这就一起坐车进城吧。”

他站在汽车的挡泥板上保持着身体平衡，那个灵活的动作，是美国人所独有的——我想，这是因为年轻时没干重活儿的缘故，或者是由各种紧张而剧烈的运动练成的优美的身材的原因。透过他谨小慎微的言谈举止，他的好动表现出了他的这种特点：他一刻也不安静，总有一只脚在某处敲击，或者一只手不耐烦地一开一合。

他看到我对他的轿车投以羡慕的目光。

“这车子很漂亮，是不是，老兄？”他跳了下来，让我看得更清楚，“难道你以前没见过吗？”

我见过，每个人都见过。它是浓郁的奶油色，镀上镍越发显得闪闪发光，车身长得出奇，到处有鼓出的部分，内设有装帽子、食品和工具的箱子，设计巧妙，匠心独运，还有迷宫般的挡风板，可以反射出十几个太阳的光辉。车内是用绿色的皮革装饰的，坐进车里就好像坐在温室里一般。我们坐在多层玻璃后面，向城里进发。

在过去的一个月里，我和他交谈了大概五六次，令我失望的是，他几乎无话可说：我原来以为他是一个重量级的人物，这是我对他的第一印象，可是这种印象已经逐渐消失了，他现在在我心里只不过是隔壁一家豪华路边餐馆的老板。

接下来的旅程令人不安。我们还没到西埃格镇，盖茨比就开始文绉绉、酸溜溜地说起话来，还没说完就停下来，同时犹豫不决地用手拍他那焦糖色西装的膝盖处。

“你看，老兄，”他突然惊讶地说，“不管怎样，你到底对我怎么看？”

我有点不知所措，就开始用含糊其词的话来搪塞。

“得了，我给你讲讲我的身世吧，”他打断我，“我不想让你听到各种谣言后对我产生错误的看法。”

也就是说，原来在他家客厅里的那些指控他的流言蜚语，他是有所耳闻的。

“上帝作证，我是实话实说的。”他突然举起右手，好像如果说的是假的，随时做好准备接受上天的惩罚，“我是中西部一个富人的儿子——现在家人都去世了。我在美国长大，但在牛津接受的教育，因为我所有的祖辈都在那里受教育多年。这是一个家庭传统。”

他侧身看着我，我知道为什么乔丹·贝克认为他在撒谎。他把“在牛津受教育”这句话一带而过，或者闪烁其词，或者吞吞吐吐，就好像这句话以前困扰过他一样。带着这种怀疑，他的整个陈述就显得支离破碎，因此我怀疑他肯定有什么不可告人之处。

“中西部的哪个地方？”我漫不经心地问道。

“旧金山。”

“我明白了。”

“我的家人都死了，我继承了一大笔钱。”

他的声音听起来很凝重，仿佛想起家族突然消亡仍心有余痛。有一段时间，我怀疑他在捉弄我，但瞥了他一眼，我就确信不是这样。

“在那之后，我像一个年轻的王公一样生活在欧洲各国的首都——巴黎、威尼斯、罗马——收藏以红宝石为主的珠宝也好，狩猎大型猎物也好，画点画儿也罢，都只是为了消遣，试图忘记很久以前发生在我身上的一些非常悲伤的事情。”

我努力抑制住了笑声，因为他的话实在令人难以置信。他的措辞过于老套，所以在我的脑海中出现的是这样一个形象：除了一个包着头巾的戏剧“角色”在布诺涅森林里追赶一只老虎时，每个小孔都往外漏着锯末之外，再也想不到其他画面。

“然后是战争，老兄。这倒是一种巨大的宽慰，我非常努力地去寻死，但是我的命好像有神仙眷顾一般。战争开始时，我得到了中尉军衔。在阿贡森林一战，我带着两个机枪分遣队向前走了很远，结果我们两边都有半英里的空地，步兵无法推进。我们在那里待了两天两夜。一百三十人，十六挺刘易斯式机枪。后面等步兵终于开上来时，他们在成堆的尸体中发现了德国三个师的徽章。我被提升为少校，每个盟国政府都发给我了一枚勋章——其中包括黑山，亚得里亚海沿岸的小黑山！”

小黑山！他好像把这几个字举了起来，微笑着点了点头。这个微笑表示他了解黑山动荡的历史，同情黑山人民的勇敢斗争。这个微笑也表示他充分理解这个国家一系列的国情。正是这些情况使得黑山热情的小心脏引起了我对它的颂扬。我的怀疑此刻化为惊叹；这就像匆匆忙忙浏览了十几本杂志。

他把手伸进口袋一掏，一块挂在缎带上的金属掉进了我的手掌里。

“这是来自黑山的。”

令我惊讶的是，这玩意儿看起来是真的。

“丹尼洛勋章，”上面的一圈铭文写着“黑山国王，尼古拉斯·雷克斯。”

“把它翻过来。”

“杰伊·盖茨比少校，”我读道，“英勇无比。”

“这里还有一件我一直随身携带的东西，牛津时代的纪念品，它是在三一学院拍摄的——我左边的人现在是唐卡斯特伯爵。”

这是一张照片，照片中有六个穿着运动夹克的年轻人在拱廊里闲逛，背后可以看见有许多塔尖。盖茨比手里拿着一只板球拍，看起来比现在显得年轻点，也年轻不了多少。

这样看起来他说的一切都是真的。我仿佛看见一张张虎皮挂在他位于大运河畔的宫殿里，耀眼夺目。我又仿佛看到他打开一个装满红宝石的箱子，用它们深红色的光芒缓解他那颗破碎的心所承受的痛苦。

“我今天有件大事要请你帮忙，”他心满意足地把纪念品装进口袋，说道，“所以我觉得你应该了解我一些情况。我不想让你认为我只是一个不三不四的人。你看，我经常和陌生人交往，因为我四处游荡，只是想忘记发生在我身上的伤心往事。”他犹豫了一下。“今天下午你会听到这件事。”

“午餐时？”

“不，今天下午。我碰巧知道你约了贝克小姐去喝茶。”

“你是说你爱上了贝克小姐吗？”

“不，老兄，我没有。但贝克小姐同意让我和你谈谈这件事。”

我一点也不知道“这件事”是什么，但与其说我感兴趣，不如说我很恼火。我请乔丹喝茶不是和她讨论杰伊·盖茨比先生的事情。我敢肯定他的这次请求一定是让人意想不到，有一阵子我真后悔当初不该踏上他那人山人海的草坪。

他一句话也不说了。随着我们离城市越来越近，他显得越发拘谨。我们经过罗斯福港，瞥见船身有一圈红漆的远洋轮船，就像一条红色腰带，又驶过一片简陋的贫民窟，这里有一排昏暗的、还在营业的酒吧，那些酒吧估计是二十世纪初在表面镀了金，现在已褪色了。然后，灰烬谷在我们两侧延伸开去，当我们经过时，我瞥见威尔逊夫人正气喘吁吁地给人家的车卖力地加油。

挡泥板像翅膀一样展开，我们一路给半个阿斯托利亚带来了光明——只有一半，因为当我们在高架桥的柱子之间绕来绕去时，我听到了熟悉的摩托车“嘟——嘟——噼啪”的声音，一名气急败坏的警察在我们的轿车旁边行驶。

“好了，老兄。”盖茨比喊道。我们放慢了速度。盖茨比从钱包里掏出一张白色卡片，在警察眼前挥舞着。

“行了，到此为止吧，”警察点头表示同意，用手轻轻一碰帽檐，“下次就认识您了，盖茨比先生。见谅！”

“那是什么？”我问道，“那张牛津的照片吗？”

“我曾经帮过警察局长一个忙，因此他每年都会给我寄一张圣诞贺卡。”

在大桥上，阳光穿过钢架照在行驶的汽车上，浮光掠影一般不断闪烁，河对岸城市里的高楼大厦耸立在眼前，像一堆堆白色的糖块，都是出于好心用不带铜臭味的钱建造的。从皇后区大桥上看去，总是像第一次看见这座城市一样，因为它首次展现了世界上所有的神秘和美丽。

一辆载有死人的灵车从我们身边经过，车上堆满了鲜花，后面跟着两辆马车，遮帘拉着，还有几辆欢快的马车载着亲友。亲友们用悲伤的眼神看着我们，从短短的上唇可以看出他们是东南欧一带的人。我很高兴在他们凄惨的出丧车队中还能看到盖茨比豪车这道美丽的风景。当我们穿过布莱克威尔岛时，一辆由白人司机驾驶的豪华轿车从我们身边经过，车上坐着三个时髦的黑人——两男一女。他们朝我们翻白眼，一副傲慢争先的样子，我看了放声大笑起来。

“一旦过了这座桥，任何事情都有可能发生，”我想，“任何事情都有可能……”

既然是盖茨比都能遇到，也就没有任何大惊小怪的了。

喧闹的正午。我和盖茨比约好在四十二街一个通风良好的地下餐厅里见面共进午餐。我眨眨眼驱赶外边马路上的亮光，隐约地认出他了，他在和接待室里的另一个人说话。

“卡拉威先生，这是我的朋友伍尔夫山姆先生。”

一个身材矮小、鼻子扁平的犹太人抬起他的大脑袋，看着我，鼻孔里长着两撮浓密的鼻毛。过了一会儿，我在半明半暗的光线中发现了他的小眼睛。

“于是我瞅了他一眼，”伍尔夫山姆先生说道，一边热情地与我握手，“你猜猜我做了什么？”

“做了什么？”我礼貌地问道。

很明显，他并没有对我说话，因为他放下我的手，用他那富有表现力的鼻子对准了盖茨比。

“我把钱交给了凯茨波夫，然后我说：‘好吧，凯茨波夫，你要是不闭嘴，我一分钱也不给你。’他立刻就闭上了嘴。”

盖茨比挽着我们每个人的胳膊，向前走进餐厅，伍尔夫山姆把刚才想说的那句话又噎了回去，陷入了一种精神恍惚的状态。

“需要开波酒吗？”领班问道。

“这是一家不错的餐馆，”伍尔夫山姆先生看着天花板上的长老会仙女说道，“但我更喜欢街对面那家！”

“是的，来几杯开波酒，”盖茨比表示同意，然后对伍尔夫山姆先生说，“那边太热了。”

伍尔夫山姆先生说：“是的，又热又挤，但充满了回忆。”

“那是哪家餐馆？”我问道。

“老大都会。”

“老大都会，”伍尔夫山姆先生沮丧地沉思着，“那里曾聚集过多少已经死去的面孔，聚集过多少如今已不在人世的朋友。只要我活着，我就不会忘记他们在那里枪杀罗西·罗森赛尔的那个夜晚。我们六个人坐在桌子旁，罗西整个晚上都大吃大喝。快到早上的时候，服务员带着滑稽的表情走到他面前，说有人在外面想和他说话。‘好吧，’罗西说，然后就要起身，我一把将他拉回到椅子上。”

“‘如果那帮混蛋想找你，就让他们进来吧，罗西，但你绝对不要离开这个房间。’

“当时是凌晨四点，如果我们拉开窗帘，就会看到天已经亮了。”

“他去了吗？”我天真地问道。

“他当然去了。”伍尔夫山姆先生怒气冲冲地朝我晃了晃鼻子。“罗西·罗森赛尔在门口转过身来说：‘别让那个服务员拿走我的咖啡！’然后他走到人行道上，他们朝他吃饱的肚皮开了三枪，然后开车离开了。”

“他们中有四个人后来被处以电刑。”我回忆道。

“五个，还有一个贝克尔。”他的鼻孔兴致勃勃地对着我，“我听说你正在找关系做生意。”

这两句话连在一起听了让人震惊。盖茨比替我回答：

“哦，不，”他喊道，“不是那个人。”

“不是吗？”伍尔夫山姆先生似乎很失望。

“这只是一个朋友。我给你说过我们改天再谈这件事情的。”

“对不起，”伍尔夫山姆先生说，“我认错人了。”

一盘美味的肉末杂菜端了上来，伍尔夫山姆先生忘记了老大都会那更伤感的陈年旧事，开始津津有味地享用美食。同时，他的眼睛在房间里慢慢地扫来扫去——他转过身去打量身后的客人，整个扫描视线形成了一个弧形。我想，如果不是我在场，他会连我们自己的桌子下面也要瞥一眼。

“你看，老兄，”盖茨比靠近我说道，“恐怕今天早上在车里我让你有点生气了。”

他脸上再次出现了那种笑容，但这次我抵制住了诱惑。

“我不喜欢神神秘秘，”我回答，“我不明白你为什么不坦率地告诉我你想要什么。为什么这一切都要通过贝克小姐？”

“哦，这不是什么偷偷摸摸的事，”他向我保证，“贝克小姐是一位了不起的女运动员，你知道，她永远不会做任何不好的事情。”

突然，他看了看手表，跳了起来，匆匆离开房间，把我和伍尔夫山姆先生留在桌子旁。

“他必须打电话，”伍尔夫山姆先生说，眼睛紧盯着他，“他是个好人，不是吗？一表人才，而且人品极好。”

“是的。”

“他是奥格斯福德[①]出身的。”

“哦！”

① 原文 Oggsford 为 Oxford 牛津大学的讹音。

“他上的是英国的奥格斯福德大学。你知道奥格斯福德大学吗？”

“我听说过。”

“这是世界上最著名的大学之一。”

“你认识盖茨比很久了吗？”我问道。

“好几年了，”他心满意足地回答。“我很高兴在战争刚结束时认识了他。但在和他聊了一个小时后，我知道我发现了一个有教养的男人。我自言自语：‘有一种男人是你想带回家介绍给你的母亲和你妹妹认识的。’”他停了下来，说道。“我看到你在看我的袖扣。”我原来并没有看他们，但是现在倒看了。

它们是用几片象牙制成的，看着眼熟得很。

“用最好的真人臼齿做的。”他告诉我。

“真的！”我仔细看看，“这倒是个不错的主意。”

“是的。”他把袖口缩回到外套下面，“是的，盖茨比在女人方面很规矩。对朋友的老婆他不会多看一眼。”

当人们凭直觉就相信的那个人回到桌子旁坐下时，伍尔夫山姆先生猛地一口把咖啡喝掉，然后站了起来。

“我午餐吃得很开心，”他说，“我要扔下你们两个年轻人先走一步了，免得说我不知趣。”

“别着急，迈尔，”盖茨比说，一点不热情。伍尔夫山姆先生举起手来做了个祝福的手势。

“你很有礼貌，不过我是老一辈的人了，”他一本正经地说道。“你们坐在这里可以聊聊体育、你们的女朋友、你们的……”他又摆了摆手，说了一句自己凭想象力去理解的话。“至于我嘛，都五十岁的人啦，就不跟你们凑热闹了。”

当他握手并转身离开时，他那忧伤的鼻子在颤抖。我不知道我是否说了什么冒犯他的话。

“他有时很多愁善感，”盖茨比解释道，“今天又是他多愁善感的日子。他在纽约也算个人物——百老汇的常客。”

“他到底是谁，演员吗？”

“不是。”

“牙医？”

“迈尔·伍尔夫山姆？不，他是个赌徒。”盖茨比犹豫了一下，然后冷静地补充道，“他就是1919年非法操纵世界棒球联赛的那个人。”

“非法操纵世界棒球联赛？”我重复道。

居然有这种事情。我当然记得有人在1919非法操纵世界棒球联赛，但是即使我真的想起这件事，我也只会把它当成是一件发生过的往事，是一连串事件的必然后果。我从来没有想过，一个人可以玩弄五千万人——就像一个撬开保险柜的窃贼那样单枪匹马就大功告成了。

“他是怎么做到的？”过了一分钟，我问道。

“他只不过是逮住了机会。”

“他为什么没坐牢？”

“他们逮不到他，老兄。他是个绝顶聪明的人。”

我坚持要买单。当服务员把找的钱送来时，我看到了汤姆·布坎南在拥挤的房间那边。

“跟我来一下，”我说；“我得和某人打个招呼。”汤姆一看到我们就三步并成两步走了过来。

“你去哪儿了？”他急切地问道，“黛西很生气，因为你老不来电话。”

“这位是盖茨比先生，布坎南先生。”

他们随便握了握手，盖茨比脸上露出一种紧张的、不常见的尴尬表情。

“你近来怎么样？”汤姆问我，“你怎么会跑这么远来这里吃饭？”

“我和盖茨比先生一道来吃午饭的。”

我转向盖茨比先生，但他已经不见了。

一九一七年十月的一天——

（下面的话是那天下午由乔丹·贝克讲述的，当时她正端坐在广场酒店茶室里的一把笔直的椅子上）

——我正从一个地方走向另一个地方，一会儿走在人行道上，一会儿走在草坪上。我走在草坪上更开心，因为我穿了一双英国鞋子，鞋底有突起橡胶钉，能轻松嵌入松软的草地。我穿了一条新的格子裙，裙子随风微微飘起，每当这时，所有人家房子前面的红、白、蓝三色旗都会被风吹得笔挺，并发出嘘——嘘——嘘——嘘的声音。

最大的那几面彩旗和最大的草坪是黛西·费伊家的。她刚刚十八岁，比我大两岁，是路易斯维尔所有年轻女孩中最出风头的。她穿着白色衣服，开着一辆白色的小跑车，家里的电话从早到晚响个不停，泰勒营兴奋的年轻军官要求当晚独占她的全部时间。“无论如何，给一个小时吧！”

那天早上，当我来到她家对面时，她的白色跑车就在路边，她和一位我从未见过的中尉坐在车里。他们全神贯注，直到我离她五英尺远，她才看到我。

“你好，乔丹，”她出乎意料地喊道，“请过来。”

她想和我说话，我有点受宠若惊，因为我最钦佩的是那些年纪比我大的女孩。她问我是否要去红十字会做绷带。我说是的。然后我问她，我是不是要告诉红十字会那边的人她今天不能来了？黛西说话时，那位军官一直盯着她看，每一个年轻女孩都巴不得别人在某个时候用这种眼神看自己，因为这对我来说似乎很浪漫，所以从那以后我一直记得这个情景。他的名字叫杰伊·盖茨比，我已经四年多没有再看到他了——即使我在长岛遇到他之后，我也不知道原来就是同一个人。

那是一九一七年。到了第二年，我自己也有了几个男友，我开始参加锦标赛了，所以见到黛西的机会就少了。和她来往的人都是年龄比她稍大的——假如她在跟谁交往。关于她的谣言甚嚣尘上——说什么她母亲在一个冬夜发现她收拾行李去纽约向一名即将去海外作战的士兵告别。她被家人有效地阻止了，但事后她有好几个星期没有和家人说话。在那之后，她不再和军人一起玩了，只和镇上几个不能参军的平脚板的近视眼来往。

到了第二年秋天，她又变得欢实起来了，像以往一样活跃。

停战后，她参加了初进社交界的活动，在二月份差不多就与一名来自新奥尔良的男子订了婚。六月份，她嫁给了芝加哥的汤姆·布坎南，婚礼场面在路易斯维尔可谓前所未有。新郎带着一百多号人乘了四辆包车前来迎亲，租了一整层的穆尔巴赫酒店，在婚礼的前一天，他送给了她一串价值35万美元的珍珠。

我是伴娘。晚宴前半小时，我来到新娘的房间，发现她躺在床上，穿着花裙子，像六月的夜晚一样美丽，醉得像只猴子。她一只手拿着一瓶苏特恩白葡萄酒，另一只手里抓着一封信。

“恭……恭喜我，”她含混不清地喃喃自语，“以前从来没有喝过酒，啊，我今天喝得好痛快。”

“怎么了，黛西？”

告诉你，我当时吓坏了；以前从未见过女孩醉成这样。

“给，亲爱的。”她在床上的一个废纸篓里摸索着，拿出一串珍珠。“把这个东西拿到楼下，还给它的主人。告诉他们所有人我黛西改变主意了。就说：‘黛西改主意了！’”

她开始哭了起来——没有停的意思。于是我冲出去，找到了她母亲的女仆，我们锁上门，让她洗个冷水澡。她死死攥着那封信不肯放。她把信带进浴缸，把它捏成一个湿纸球，直到她看到它碎得像雪花一样，才让我把它放在肥皂盒里。

可是她一句话也不说。我们给她闻了阿摩尼亚水[①]精，在她的额头上敷了冰，然后又替她把礼服穿好。半个小时后，当我们

---

① 阿摩尼亚水又称氨水，是氨气的水溶液，无色透明具有刺激性气味，医药上用稀氨水对呼吸和循环起反射性刺激，医治晕倒和昏厥。

走出房间时，珍珠挂在她的脖子上，这场风波就这样过去了。第二天五点，她顺利地和汤姆·布坎南结了婚，然后动身去南太平洋开始为期三个月的旅行。

当他们回来的时候，我在圣巴巴拉看到了他们，我想我从来没有见过一个女孩对自己的丈夫如此迷恋。如果他离开房间一会儿，她会惴惴不安地环顾四周，嘴里说着：“汤姆去哪儿了？”然后带着一副精神恍惚的表情，直到看到他进门。她常常坐在沙滩上，把他的头放在她的怀里，一坐就是个把钟头，用她的手指轻轻按摩他的眼睛，无限喜悦地看着他。看到他们在一起真是令人感动——让你入迷，让你陶醉。那是在八月。我离开圣巴巴拉一周后，一天晚上，汤姆在凡图拉公路上撞上了一辆货车，把他的汽车前轮撞掉一只。和他在一起的女孩也登上了报纸，因为她的手臂骨折了——她是圣巴巴拉酒店的一名女服务员。

第二年四月，黛西生下了她的小女儿，他们去法国待了一年。有一年春天，我在戛纳看到了他们，后来又在多维尔看到了他们。然后他们回到芝加哥定居下来。如你所知，黛西在芝加哥很出风头。他们和一群花天酒地的人来往，个个都是又年轻又富有又放荡的，但她的名声始终清清白白。也许是因为她不喝酒。在酗酒的人中间不喝酒是一个很大的优势。你可以守口如瓶，而且，你可以为自己的小动作选择时机，在别人喝得烂醉如泥看不见或不理会的时候。也许黛西从来没有过风流韵事，但她的声音里却存在某种异样的东西……

大约六周前，她在这么多年后第一次听到盖茨比这个名字。

就是当时我问你的——你还记得吗？——你是否认识西埃格的盖茨比。你回家后，她走进我的房间，把我叫醒，说：“哪个盖茨比？”当我描述他时——我当时半睡半醒——她用最奇怪的声音说，一定是她以前认识的那个男人。直到那时，我才把这个盖茨比和在她那辆白色跑车里的军官联系起来。

等乔丹·贝克把这一切都讲完，我们离开广场酒店已经半个小时了，乘着一辆维多利亚马车穿过中央公园。太阳已经落在西五十几号街一带电影明星居住的高大公寓后面，女孩们清脆的声音就像聚集在草地里蟋蟀的叫声一样此起彼伏，响彻炎热的暮色黄昏：

我是阿拉伯的酋长，

你的爱在我心上。

今夜当你睡意正浓，

我会爬进你的帐篷——

“这纯属巧合。”我说。

“但这根本不是巧合。”

“为什么不是呢？”

“盖茨比买那座别墅目的就是为了和黛西隔湾相望。”

那么，在六月的那个夜晚，他所向往的不仅仅是满天星斗。盖茨比在我眼中变得有血有肉了，他仿佛突然从那毫无目的的肆意挥霍的生活中分娩出来，活生生地出现在我们面前。

“他想知道，”乔丹继续说道，“你是否愿意邀请黛西某个下午来你家，然后让他也过来坐坐。”

这个卑微的请求，让我震惊。他等了五年，买了一栋豪宅，在那里他把星光施与来往的飞蛾——就是为了能够在某个下午“光临”一个陌生人的花园。

“在他提出这个卑微的请求前我必须得知道这一切吗？”

“他很害怕，他等了这么久。他认为这样可能会冒犯你。你知道，他骨子里就是个硬汉。”

我还是有些担心。

“为什么他不主动让你安排这次见面呢？”

“他想让她看看他的豪宅，”她解释道，“而你的房子就在隔壁。”

“哦！”

“我想他大概抱着一半的希望，指望她哪天晚上会飘然而至，参加他的一个派对。”乔丹继续说道，“但她始终没有来过。于是他开始假装漫不经心地向人们打听她的消息，而我是他第一个找到的人。就是在舞会上他派人去请我的那天晚上，可惜你没听到他是怎样煞费苦心、拐弯抹角才转到正题的。当然，我立即建议在纽约吃顿午餐，不料他急得像要发疯似的：

“‘我不想做任何过头的事！’他一再说，‘我只想在隔壁见见她。’

“当我说你是汤姆·布坎南的一个特别要好的朋友时，他又开始打消这个念头。他对汤姆·布坎南了解不多。尽管他说他读了很多年芝加哥的报纸，只是为了有机会看到黛西的名字。”

这时天已经黑了，当我们的马车走到一座小桥下时，我搂着乔丹被晒得金黄色的肩膀，把她拉到我的身边，请她一起吃晚饭。突然间，我想的不再是黛西和盖茨比了，而是想起了这个清爽、健壮、褊狭的女人，她对世间一切持怀疑态度，此刻她正兴高采烈地依偎在我的臂弯里。一个警句开始在我耳边响起："世上只有被追求者和追求者，忙碌的人和疲惫的人。"

"黛西的生活应该有所收获。"乔丹低声对我说。

"她想见盖茨比吗？"

"她应该不知道这件事。盖茨比不想让她知道。你只是请她喝茶。"

我们穿过了一片黑漆漆的树林，然后是第五十九街的街面，微弱的灯光照进了公园。与盖茨比和汤姆·布坎南不同，我没有情妇，没有什么情人的面容沿着黑暗的飞檐和耀眼的招牌漂浮，所以我把身边的这个女孩拉得更近一点，搂得更紧了。她的嘴边露出苍白无力的、轻蔑的微笑，这次我把她搂得更紧了，一直贴到我的脸上。

第 5 章

那天晚上，当我回到西埃格的家时，我有一会儿担心我的房子是不是着火了。两点钟，半岛的整个角落华灯璀璨，灯光照到灌木丛上，显得有些虚无缥缈，又照到路边的电线上，形成了一条条细长的闪光带。车子拐过街角的时候，我看到盖茨比家的别墅，从塔楼到地下室都灯火通明。

起初，我以为这是另一场派对，一场疯狂的交际会，最终演变成了“捉迷藏”或“盒子里的沙丁鱼”。所有的房子都向游戏敞开了大门。但是没有声音。只有树林里的风吹过电线，让灯忽明忽暗，好像房子在对黑暗的夜色眨眼。我下车后，出租车哼哼着离开时，我看到盖茨比穿过他的草坪向我走来。

“你家看起来像世界博览会。”我说。

“是吗？”他心不在焉地把目光转向它，“我到几间屋子里看了看。咱们去康尼岛玩儿吧，老兄。坐我的车去。”

“今天太晚了。”

“好吧，到游泳池泡泡怎么样？我整个夏天都没泡过呢。”

“我得上床睡觉了。”

“好吧。”

他等了一会儿，眼巴巴地看着我。

“我和贝克小姐谈过了，”我过了一会儿才说，“我明天给黛西打电话，邀请她过来喝茶。”

“哦，好嘛，”他漫不经心地说，“我不想给你添麻烦。”

“哪天你方便？”

“应该是您哪天方便？”他马上纠正了我说，“我不想给你添任何麻烦，你知道的。”

“后天怎么样？”

他想了一会儿，脸上带着勉强的表情，然后说：“我要修剪一下草坪。”

我们都看了看草地——在我那乱蓬蓬的草坪和他那一大片剪得整齐的草坪之间有一条明显的界线。我猜他指的是我的草地。

“还有一件小事，”他不确定地说，犹豫了一下。

“你想要推迟几天吗？”我问道。

“哦，这与此无关。至少……”他嘴很笨，接连开了好几个头。“呃，我想……喂，你听着，老兄，你赚的钱不多，是吗？”

“不多。”

这似乎让他放心了，他更加自信地继续说下去。

“我猜想你挣得不多，如果你不嫌弃——你看，我做了一点副业，一种副业，你明白的。我想，如果你赚得不多——你就是在卖债券，不是吗，老兄？”

“正在尝试。”

“好吧，这会让你感兴趣。这不会占用你太多时间，你可能会赚到一大笔钱。这碰巧是一件相当保密的事情。”

我现在意识到，当时如果是另一种情况，那次交谈可能是我生活的一个转折点。但是，由于这个建议很直白，很不得体，明显是为了酬谢我对他的帮忙，所以我别无选择，只能当场打断他的话。

“我忙得不可开交，”我说，“我非常感激，但我不能再承担更多的工作了。”

“你不必和伍尔夫山姆打任何交道。”很明显，他认为我讨厌午餐时提到的那种“关系”，但我向他保证他搞错了。他等了一会儿，希望我找个话题，但我的心完全不在这儿，没有搭茬儿，所以他只好不情愿地回家了。

那天晚上我非常高兴，甚至都有点飘飘然了；我想，我一进门，便倒头大睡了。所以我不知道盖茨比是否去了科尼岛，也不知道他花了多少个小时在他灯火通明的别墅里“随意看看几个房间”。第二天早上，我从办公室打电话给黛西，邀请她来喝茶。

“别带汤姆·布坎南来。”我警告她。

“什么？”

“别带汤姆·布坎南来。”

“谁是‘汤姆·布坎南’？”她天真地问道。

约定的那天瓢泼大雨。十一点，一个穿着雨衣的男人拖着割草机敲了敲我的前门，说盖茨比先生派他过来给我割草。这让我想起我忘了叫那个芬兰女用人回来，所以我开车去了西埃格镇，在潮湿的、两边是白石灰墙的小胡同里找她，并买了一些杯子、柠檬和鲜花。

这些花是多余的，因为在下午两点钟，从盖茨比家里送来了一温室的鲜花，用数不清的容器装着。一个小时后，前门被人战战兢兢地打开了，盖茨比穿着白色法兰绒西装、银色衬衫，打着金色领带，匆匆走了进来。他脸色苍白，眼圈发黑，看得出他一夜没睡好。

“一切都准备就绪了吗？”他进门就问。

“草地看起来不错，如果你指的是这个的话。”

“什么草地？”他茫然地问道，“哦，你院子里的草。”他望着窗外，但从他的表情来看，我相信他什么也没看到。

“看起来很不错，”他含糊地说道，“有一家报纸说，他们认为雨会在四点左右停下来，我想是《华尔街日报》。喝茶所需的东西都准备齐全了吗？”

我把他带到食品储藏室，在那里他用挑剔的眼神看着芬兰女用人。我们一起仔细检查了从熟食店买来的十二个柠檬蛋糕。

“这样行吗？”我问道。

“当然，当然！好得很！”他空洞地加了一句，“……老兄。”

三点半左右，雨渐渐停了，变成了一层薄雾，偶尔会有几滴雨像露水一样滴落。盖茨比心不在焉地翻着一本克莱斯的《经济学》，每当芬兰女用人脚步震动地板，他都吓得一惊，并不时凝视着模糊的窗户，仿佛外面正在发生一系列看不见但令人震惊的事情。最后，他站了起来，用一种不确定的声音告诉我，他要回家了。

“这是为什么？”

“没人来喝茶。太晚了！”他看了看手表，好像别处还有紧急的事情需要他去处理。“我等不了一整天。”

“别傻了，现在离四点只差两分钟了。”

他痛苦地坐了下来，就好像我推了他一把似的，同时外边传来了一辆汽车驶入我家小巷的声音。我们都跳了起来，我有点慌张地走到院子里。

在滴着水的没有花的紫丁香树下，一辆大型敞篷车从车道上驶来。它停了下来。戴着一顶三角形淡紫色帽子的黛西，脸侧向一边，带着灿烂的笑容看着我。

“你千真万确住在这里吗，我最亲爱的人？”

她那悠扬的嗓音在雨中听了让人陶醉。我得先倾听那高低起伏的声音，然后才听出她所说的话语。一缕潮湿的头发贴在她的面颊上，像抹一笔蓝色的颜料一样，当我搀她下车时，看见她的手被晶莹的水珠弄湿了。

“你爱上我了吗？”她悄悄在我耳边说，“要不然为什么要我一个人来？”

“这就是拉克伦特堡[①]的秘密。叫你的司机走得远远的，过一个小时再回来。”

“一个小时后回来，弗迪。”然后，她煞有介事地低声说道，

① 《拉克伦特堡》是英国作家玛利亚·埃奇沃思所著的恐怖神秘小说。

“他的名字叫弗迪。”

“汽油味道会影响他的鼻子吗？”

“我不这么认为，”她天真地说，“为什么？”

我们走进屋里。令我惊讶的是，客厅里空无一人。

“哟，真是滑稽！”我大声说。

“什么滑稽？”

她转过头来，这时前门传来一声斯文的敲门声。我出去开门。盖茨比面色惨白，双手像重物一样插在外套口袋里，站在一滩水里，神色凄惶地瞪着我的眼睛。

他把手还插在外套口袋里，阔步从我身边走过，进了大厅，好像被人牵线操纵似的突然急转弯，然后在客厅里消失了。这一点也不好笑。意识到自己的心在扑通扑通跳，外边雨下得很大，我把门关上了。

有半分钟时间没有动静。然后，从客厅里传来一种令人哽咽的喃喃声和一点笑声，接着是黛西的声音，声音清晰而做作：“很高兴再次见到你。”

接下来是一阵寂静，时间长得可怕。我在大厅里无事可做，所以我就进了房间。

盖茨比的双手还插在口袋里，斜倚在壁炉台上，一副极度轻松，甚至无精打采的样子。他的头向后仰了很久，靠在一个废弃的壁炉台的时钟面上，他那双心烦意乱的眼睛从这个位置向下凝视着黛西，黛西坐在一把硬靠背椅的边上，神色惶恐，姿态倒很优雅。

“我们以前见过面。”盖茨比喃喃自语。他的眼睛瞥了我一眼，咧开双唇想笑，但没有笑出来。幸运的是，时钟在他头部的压力下危险地倾斜了一下，于是他转过身，用颤抖的手指抓住它，然后把它放回原位。然后他一本正经地坐了下来，肘部放在沙发扶手上，手托着下巴。

“抱歉，碰到时钟了，”他说。

我自己的脸现在已经涨得通红。在我的脑海中即使有千百句客套话，可是一句也说不出来。

“这时钟很旧了。”我傻傻地告诉他们。

我想我们都一度相信它已经在地板上摔得粉碎了。

“我们已经很多年没见面了。”黛西说，她的声音听起来是在客观描述。

“到十一月整整五年。”

盖茨比不假思索的回答让我们愣了至少一分钟。我突然灵机一动，建议他们帮我到厨房去沏茶，他俩立刻站了起来，就在这时，那可恶的芬兰女用人用托盘把茶端了进来。

准备茶水和摆放糕点的忙乱很受欢迎，一种表面庄重客套的氛围形成了。盖茨比沉默不语，当我和黛西交谈时，他用紧张、不悦的眼神认真地在我们两个人之间挪移。然而，保持平静本身并不是这次喝茶的目的，所以我一有机会就会找个借口，转身出去。

“你要去哪里？”盖茨比立刻惊慌地问道。

“我会回来的。”

“在你走之前，我得和你谈一些事情。”

他疯狂地跟着我走进厨房，关上门，痛苦地低声说道：“哎呀，我的天啦！”

“怎么了？”

“这是一个可怕的错误，”他一边摇头一边说道，“一个可怕、可怕的错误。”

“你只不过很难为情罢了，没别的，”幸好我又补了一句，“黛西也很难为情。”

“她很难为情？”他难以置信地重复道。

“和你一样难为情。”

“别这么大声说话。”

“你表现得像个小孩子，”我不耐烦地说，“不仅如此，你也很没礼貌。你竟然让黛西一个人坐在那里。”

他举手示意我不要再讲下去，带着令人难忘的怨气瞅着我，然后小心翼翼地打开门，又回到了那间屋子里去。

我从后门走了出来——就像盖茨比半小时前在房子里紧张地转了一圈时一样——然后跑向一棵黑色带节疤的大树，它浓密的叶子起到了防雨的作用。此刻又下起了倾盆大雨，盖茨比的园丁把我不规则的草坪修剪得整整齐齐，现在却到处都是泥泞的小泥坑，像一片史前的沼泽。从树下望去，除了盖茨比的大别墅外，什么都看不见，所以我像康德在教堂尖塔前一样盯着它看了半个小时。一位酿酒商在“复古热”初期就建造了它。十年前，还有一个传闻，如果酿酒商别墅周围的这些房主在他们的屋顶盖上稻草，他就同意为附近所有的小别墅的房主缴纳五年的房产税，也许是他们的拒绝使他创建家业的计划遭到了重创——他很快就衰落了。丧事的花环还挂在门上，他的子女就卖掉了他的房子。美国人虽然愿意，甚至渴望当农奴，但一直坚决不肯当乡下佬的。

半个小时后，太阳又出来了，杂货店的汽车在盖茨比的车道上掉了个头，车里面装着他仆人做晚餐用的原材料——我敢肯定他一口也吃不下。一个女仆开始打开他家楼上的窗户，在每扇窗口露一下脸，从正中的大窗户探出身子，若有所思地向花园里吐了一口唾沫。我该回去了。雨仍然淅淅沥沥地下个不停，好像是他们喃喃自语的声音，伴随着情感的起伏，不时地变得高亢有力。但是一切又重新归于沉寂，我感觉寂静降临了屋子的每个角落。

我走进屋里——在厨房里弄出一切可能的动静，就差没把炉灶推倒了——但我相信他们没有听到任何声音。他们坐在沙发的两端，看着对方，好像要问什么问题又没有问，所有的尴尬都消失了。黛西的脸上沾满了泪水，当我进来时，她跳了起来，开始在镜子前用手帕擦拭。但盖茨比身上的一个变化简直令人不解。他整个人简直是容光焕发；虽然没有一句话，也没有一个狂喜的手势，一种新的幸福感从他身上散发出来，充满了这个小房间。

“哦，你好，老兄。”他说，好像多年没见似的。有一会儿我还以为他要跟我握手呢。

“雨停了。”

“是吗？”当他意识到我说的话，又意识到房间里充满了一缕缕阳光时，他笑得像一个天气预报员，像一个欣喜若狂的光明守护神，并向黛西重复了这个消息，“你觉得怎么样？雨停了。”

“我很高兴，杰伊。”她的声音哀婉动人，可是她表露的只是她的惊喜之情。

“我想让你和黛西来我家，”他说，“我想带她四处参观参观。”

“你确定要我来吗？”

“当然，老兄。”

黛西上楼去洗脸——我很惭愧地想起了我的毛巾很不干净，但为时已晚——盖茨比和我在草坪上等候。

“我的房子看起来不错，是不是？”他问道，“你看它的整个正面都向阳。”

我同意这房子很棒。

“是的。”他用眼睛上下打量了一番，每一扇拱形门和方塔，“我只用了三年时间就赚到了买它的钱。”

“我以为你的钱是继承的。”

“我做到了，老兄，”他脱口而出，“但我在大恐慌中失去了大部分——就是战争引起的那次大恐慌。”

我想他几乎不知道自己在说什么，因为当我问他做什么生意时，他回答说：“那是我的事”，然后他才意识到这样回答不合适。

“哦，我干过几行，”他改口说道，“我做过药材生意，后来又做过石油生意。但现在我都不做了。”他更加专注地看着我。“你的意思是说你一直在考虑我前几天晚上提的那件事了？”

我还没来得及回答，黛西就从房子里出来了，她裙子上的两排黄铜纽扣在阳光下闪闪发光。

“是那边那座大房子吗？”她指着大声问。

“你喜欢吗？”

“喜欢，但我不明白你怎么独自一个人住在那里。”

“我家里总是高朋满座，都是些有意思的人，夜以继日，这些人总是做些有意思的事，各界名流。”

我们没有沿着海湾走捷径，而是走大道，从巨大的后门进入盖茨比的大别墅。黛西欣赏以天空为背景的中世纪城堡的暗色轮廓，用她那带着迷人的低语赞不绝口，欣赏着花园，欣赏着长寿花散发出的气味，山楂花和梅花的泡沫般的气味，以及吻别花淡金色的气味。奇怪的是，走到大理石台阶上，我却没有发现门内外有穿着鲜艳的连衣裙出入的女孩们，只听到树上的鸟鸣声。

到了里面，当我们漫步在玛丽·安托瓦内特①式的音乐厅和王政复辟时期②样式的客厅时，我感觉到每一张沙发和桌子后面都隐藏着客人，命令他们屏息沉默直到我们走过为止。当盖茨比关上“默顿学院③图书室”的门时，我敢发誓，我听到那个戴猫头鹰眼镜的人突然发出的幽灵般的笑声。

---

① 玛丽·安托瓦内特是法国国王路易十六的妻子（1755—1793），死于法国在革命。

② 1658 年奥利弗·克伦威尔去世，他的一位将军乔治·蒙克占领伦敦，安排新的议会选举。1660 年选出的议会要求上一任国王长期流亡法国的儿子回国作国王，即查理二世，这个事件就是英国历史上的王政复辟。复辟成功后，查理二世 1660 年至 1685 年在位，他统治英国的这段时间称为王政复辟时期。

③ 默顿学院建于 1924 年，位于美国伊利诺伊州的西塞罗市，是该州第二古老的两年制专科社区学院。

我们上楼，穿过一间间古色古香的卧室，里边铺满了玫瑰色和淡紫色的丝绸，摆满了五颜六色的鲜花，穿过一间间更衣室和台球房，以及带下沉式浴缸的浴室——我们闯进一个房间，一个穿着睡衣、头发蓬乱的男人正在地板上做俯卧撑。那是“房客”克利普斯普林格先生。那天早上，我看到他饿着肚子在海滩上溜达。最后，我们来到了盖茨比自己的套房，包括一间卧室和一间浴室，还有一间小书房，在那里我们坐下来喝了一杯他从墙上橱柜里拿的察吐士酒[①]。

他一刻不停地看着黛西，我认为他是想通过黛西那双眼睛对屋内东西的热爱程度来重新估价房子里的一切。有时，他也会精神恍惚地四处盯着周围的一切，好像除了黛西真实地、出人意料地出现在他面前，其他所有的一切都变得虚幻了。有一次，他差点从一段楼梯上摔了下去。

他的卧室是所有房间中最简单的，除了梳妆台上装饰着一套纯金的梳妆用具。黛西高兴地拿起刷子，捋了捋头发，盖茨比坐下来，遮住眼睛，开始大笑。

“这是最有趣的事情，老兄，”他笑着说，“我不能……当我试图……”

他明显经历了两种精神状态，正在进入第三种状态。他起初局促不安，继而大喜过望，现在又由于她的出现感到无比惊讶而不能自持。他对她长年朝思暮想、梦寐以求，简直可谓咬紧牙关

① 察吐士酒：加尔都西会修士所制的一种酒，也称荨麻酒，是一种烈性甜酒，呈绿色或黄色。

翘首以盼，感情浓烈到不可思议的程度。现在，由于反作用，他像一个上发条超负荷工作的时钟一样精疲力竭了。

他很快就恢复了状态，为我们打开了两个新颖别致的大衣橱，里面放满了他的西装、晨衣、领带，还有像砖一样堆成一堆，有十几米高的衬衫。

“我有一个人在英国代我买衣服。在每年春秋两季开始的时候，他都会挑一些东西寄给我。”

他拿出一堆衬衫，开始把它们一件接一件地扔到我们面前，这些衬衫是纯亚麻、厚丝绸和精细法兰绒的，全都散开，五颜六色摆满了一桌。当我们欣赏着的时候，他又拿来了更多其他的衬衣，柔软的、颜色丰富的，堆得越来越高——条纹衬衫、格子衬衫、珊瑚色的、苹果绿的、浅紫色的和淡橙色的、绣着他的名字的靛蓝色的。突然，随着一阵不自然的声音，黛西把头埋进衬衫里，开始痛哭流涕。

“这些衬衫真漂亮，”她抽泣着，声音被厚厚的一堆衣服闷住了，“这让我很难过，因为我以前从未见过这么——这么漂亮的衬衫。”

参观完房子之后，我们本来要去看各个庭院和游泳池、水上飞机和仲夏繁花——但盖茨比的窗外又开始下雨了，所以我们站成一排，远眺水波荡漾的海面。

“如果不是因为薄雾，我们可以看到海湾对面你的家。”盖茨比说，“你家码头尽头总有一盏绿灯整夜亮着。”

黛西突然伸出手臂去挽他的胳膊，但他似乎全神贯注于刚才所说的话里。也许他突然想到，那盏灯的象征意义现在已经永远消失了。与那把他和黛西分开的遥远距离相比，那盏灯似乎曾经离她很近，几乎能够触摸到她。就好比一颗星星离月亮那么近。现在，它只是码头上的一盏绿灯。他的神奇宝物又少了一个。

我开始在房间里走来走去，在半明半暗的环境中审视着各种不确定的物件。一张挂在书桌上方墙上的大照片吸引了我，照片上是一位穿着游艇服的老人。

“这是谁？”

“那个人吗？那个是丹·科迪先生，老兄。”

这个名字听起来有点熟悉。

“他现在死了。几年前他曾是我最好的朋友。”

书桌上有一张盖茨比的小照片，也穿着游艇服——盖茨比昂着头，有点挑衅的样子，显然是在他十八岁左右的时候拍的。

“我喜欢这张照片，”黛西嚷嚷道，“大背头！你从来没有告诉我你留过大背头的发型，也没跟我说过你有一艘游艇。”

“看看这个，”盖茨比连忙说道，“这里有很多关于你的剪报。”

他们肩并肩站着仔细查看那些简报。我正要去看红宝石，这时电话铃响了，盖茨比拿起了听筒。

“是的……好吧，我现在说话不方便……我现在说话不方便，老兄……我说的是一个小城市……他一定知道小城市是什么……好了，如果底特律是他心目中的小城市，他对我们没有用。”

他挂断了电话。

“快过来！”黛西在窗户边喊道。

雨还在下，但西边的乌云已经散去，海面上出现了粉红色和金色的泡沫状云层。

“看看这个，”她低声说道，过了一会儿又说，“我真想采一朵粉红色的云，把你放在上面，推着你到处走。”

当时我想走了，但他们无论如何没同意；也许我在场他们可以心安理得地待在一起。

“我知道我们会怎么做，”盖茨比说，“让克利普斯普林格弹钢琴吧。”

他走出房间，叫了一声“艾文”。又过了几分钟才回来，一个神情尴尬的、略显憔悴的年轻人陪着他回来了，他戴着一副玳瑁边眼镜，一头稀疏的金发。他穿着一件“运动衫”，领子敞开，脚穿运动鞋和一条说不清颜色的粗布裤子。

“我们打断你锻炼身体了吗？”黛西礼貌地问道。

“我睡着了，”克利普斯普林格先生尴尬地脱口而出，“我是说，我一直在睡觉。然后我起床了……”

“克利普斯普林格会弹钢琴，”盖茨比打断了他的话，说道，“是不是，艾文，老兄？”

“我弹得不好。我不怎么会……说不上会弹。我已经好久没练了……”

“我们去楼下。”盖茨比打断了他的话。他轻轻按掉一个开关。灰暗的窗户消失了，房子里顿时灯火辉煌。

在音乐厅里，盖茨比打开了钢琴旁的一盏灯。然后用颤抖的手点燃了黛西的香烟，和她一起坐在房间另一头的沙发上，那里除了地板上从大厅反射进来的光线外，没有其他光线。

克利普斯普林格演奏完《爱巢》后，他在长凳上转过身来，在黑暗中闷闷不乐地寻找盖茨比。

“你看，我好久没弹了。我告诉过你我不会弹的。我好久不弹了……”

“别说那么多，老兄，”盖茨比命令道，“弹！”

“每天早上，
每天晚上，
玩得痛快……”

外面风很大，海湾上空传来一阵隐约的雷声。现在西埃格华灯璀璨；电动火车，满载乘客，冒雨从纽约疾驰而来。这是人类发生深刻变化的时刻，空气中弥漫着激动人心的情绪。

“有一件事毋庸置疑，
富人生财，穷人生……孩。
二者同时，
此时彼时……”

我走过去告辞时，看到盖茨比脸上又浮现出惶惑的表情，仿佛他对自己现在幸福的性质产生了一丝怀疑。差不多五年了！那天下午，一定有一个时刻，他觉得眼前的黛西远不如他梦中朝思暮想的那个黛西，不是因为她自己的过错，而是因为他的幻想能力过于强大。他的梦幻超越了她，超越了一切。他怀着一种创造性的热情投入梦幻之中，一直在为之添色加彩，用飘荡在梦想之旅的每一根鲜艳的羽毛加以缀饰。再多的激情或活力都无法比拟一个人在他忧凄的内心所集聚近乎疯狂的情愫。

当我看着他时，他明显地调整了一下自己。他的手抓住了她的手，她在他耳边低声说着什么，他感情冲动地转向她。我认为最使他着迷的是她那高低起伏、充满温情的声音，因为这种声音就算在梦中也无法奢求——那声音是一首不朽的旋律。

他俩已经完全把我给忘了，但黛西抬起头来瞥了一眼，伸出了手；盖茨比此时此刻根本不认识我了。我又看了他们一眼，他们远远地回头看着我，好像远在天涯，完全沉浸在浓烈的情感之中。我立刻走出房间，走下大理石台阶，进入雨中，留下他们两个在一起。

第 6 章

大约在这个时候，一天早上，一位从纽约来的雄心勃勃的年轻记者来到盖茨比家门口，问他有没有什么话要说的。

“关于什么内容的？”盖茨比礼貌地问道。

“噢——发表些言论。”

在进行了令人困惑的五分钟的交谈后，事情的来龙去脉才搞清楚，原来这名男子在报社办公室听人说起过盖茨比的名字，为什么说起这个名字他不愿透露，要么他也没有完全搞明白。今天是他的休息日，所以积极主动出城来“了解一下情况”。

只是出来碰碰运气，但记者的直觉是正确的。千百个人在他家做过客，因而让他的过去变得更有权威，盖茨比的名声在整个夏天变得越来越响亮，他离成为新闻人物只差一步之遥。当时的各种传奇，诸如“通往加拿大的地下管道”，都与他联系在一起，还有一个谣言已经流传很久了，即：他根本不住在房子里，而是住在一艘看起来像房子的船上，并且沿着长岛海岸秘密地南北移动。为什么这些谣言会让北达科他州的詹姆斯·盖茨产生满足感，这很难讲清。

詹姆斯·盖茨——这是他的真实姓名，或者至少从法律上说是他的姓名。他在17岁时改成了这个名字，当时他看到丹·科迪的游艇在苏必利尔湖最隐蔽的浅滩上抛锚，这是他职业生涯开始的特定时刻。中午过后，是詹姆斯·盖茨穿着一件破旧的绿色运动衫和一条帆布便裤在海滩上闲逛，然而借了一艘划艇划到托洛姆号去告诫科迪，半小时后可能会起大风，会使他的船沉没的，已经是杰伊·盖茨比了。

我想，就在当时他已早就把名字想好了。他的父母都是碌碌无为的庄稼人——他内心从来没有真正接受过他的父母。事实上，长岛西埃格镇的杰伊·盖茨比源于他对自己的柏拉图式的观念。他是上帝之子——这个称号，如果意味着什么的话，那就是这个称号本身的含义——他一定要继承天父的宏伟志向——献身于一种博大、粗俗、华而不实的美。因此，他正好虚构了一个17岁的男孩可能会虚构的那种杰伊·盖茨比，而他始终忠诚于对这个理想形象。

一年多来，他一直在苏必利尔湖南岸一带奔波，要么是当挖蛤工，要么是当鲑鱼渔民，要么是以任何其他身份为他获取食物和睡觉的床。在那些风吹日晒的日子里，时而忙碌，时而闲暇，他皮肤晒得黝黑，活计使自己的身体越来越硬朗，他过着一种纯粹自然的生活。他很早就和女人发生了关系，因为女人过分宠爱他，他开始蔑视她们。他瞧不起年轻的处女，认为她们愚昧无知，他也蔑视其他女人，因为她们为了一些事情大吵大闹，而这些事情从他那绝对的利己主义角度来说是理所当然的。

但他的内心一直躁动不安。晚上躺在床上的时候，各种离奇古怪的想法萦绕在心头。一个难以言喻的华而不实的宇宙在他的脑海中延伸。当洗漱台上的时钟滴答作响，月亮用湿漉漉的光线浸泡着他乱七八糟扔在地上的衣服。每晚他都会给自己的幻想模式添枝加叶，直到睡意袭来，幻想便在生动的场景中戛然而止。有一阵子，这些幻想为他的想象力提供了一个发泄的出口；它们令人满意地暗示了现实的不真实性，表明世界的磐石是牢固地建立在仙女的翅膀上的。

几个月前，出于对未来荣耀渴求的本能，他来到了明尼苏达州南部路德教的小圣奥拉夫学院。他在那里待了两个星期，一是因为学院对他擂响命运的鼓点表现出极度漠不关心，这让他感到沮丧，另一方面是因为他不屑当看门人的工作来维持生计。后来他又东飘西荡回到了苏必利尔湖。有一天，他还在想找点什么事情做的当口，丹·科迪的游艇在沿岸的浅滩搁浅了。

科迪当时 50 岁，是自 1875 年以来每次淘金热的宠儿，从内华达州的银矿到育空地区[①]的金矿矿场都能见到他的影子。做蒙大拿的铜矿生意使他赚了好几百万的财富，结果虽然身体健硕，但脑子已经处于糊涂的边缘。无数女性对此有所察觉，于是想方设法把他的钱搞到手。那个名叫埃拉·凯伊的报社女记者抓住了

① 位于加拿大边陲，为加拿大三个行政区之一，约十分之一位于北极圈内，气候严寒。育空地区的采矿业始于 19 世纪中叶，金银、铜等矿物储量丰富，尤以黄金采矿著称。

他的弱点，扮演了德曼特农夫人[1]的角色，忽悠他乘上游艇出海，她所耍的那些花招把戏是1902年危言耸听的报刊争先报道的内容。他沿着海岸航行了五年，中途受到沿岸居民的热情款待，当他抵达“少女湾”时，它成了盖茨比命运的转折点。

对于年轻的盖茨比来说，这艘游艇代表了世界上所有的美丽和魅力，他靠着桨，抬头看着有围栏的甲板。我猜想他对科迪笑了笑——他可能已经发现他笑的时候很讨人喜欢。无论如何，科迪问了他几个问题（其中一个问题引出了这个崭新的名字），发现他聪明伶俐而且雄心勃勃。几天后，他带他去了德卢斯城，给他买了一件蓝色外套、六条白粗布裤子和一顶游艇帽。当托洛姆号启航前往西印度群岛和巴贝瑞海岸时，盖茨比也走了。

他是以一种不太明确的私人身份受雇于科迪的——他先后担任过乘务员、大副、船长、秘书，甚至狱卒，因为丹·科迪清醒地知道自己醉酒后什么挥金如土的傻事都干得出来，因此他越来越信任盖茨比，以防止这种突发事件。这种安排持续了五年，在此期间，这艘船绕了美洲大陆三圈。这种情况本来会无限期地持续下去，可是有一个晚上，埃拉·凯伊在波士顿上了船，一周后丹·科迪便撒手人寰了。

我记得他在盖茨比卧室里的画像，一个头发花白、服饰花哨的男人，一张冷酷、空洞的脸——一个典型的浪荡先锋，在美国

---

① 法国国王路易十四的第二个妻子，1652年和作家保罗·斯卡龙结婚。1660年丈夫死后寡居曼特农城堡。她美貌绝伦，富于同情心。1675年路易十四赐她为曼特农侯爵夫人。1683年法国王后玛丽亚·特蕾莎死后，路易十四娶她为妻。

生活的一个阶段，他把边境妓院和酒馆的野蛮粗暴带回了东海岸。盖茨比喝酒很少，这间接归功于丹·科迪。有时在欢闹的派对上，女人们常常在他的头发上搽香槟；他本人却养成了不进酒水的习惯。

他正是从丹·科迪那里继承了金钱——一笔两万五千美元的遗赠，但最终没有得到钱，数百万美元的巨款通通落入了埃拉·凯伊的口袋，他永远没弄明白别人是如何用法律手段来对付他的。留给他的只有极为恰当的教育：杰伊·盖茨比模糊的轮廓开始逐渐变得清晰起来，变成了一个有血有肉的男子汉。

他是在很久以后才告诉我这一切的，但我把它写在这里，是想推翻之前关于他的身世来历的离谱谣言，这些谣言完全是无稽之谈。而且，他是在我大脑处于十分混乱的时候告诉我这些的，当时对于他的各种谣言我已经到了半信半疑的地步。因此，我利用这短暂的停顿，可以说是趁盖茨比喘口气的机会，澄清了这一系列关于他的种种误传。

我和他的交往也陷入停顿。几个星期以来，我没有见到他，也没有和他通过电话——大部分时间我都在纽约，和乔丹一起到处跑，同时极力讨好她那老朽的姑妈——但最终在一个周日下午，我去了他家。我还没待到两分钟，就有人把汤姆·布坎南带进来喝了一杯。我当然很惊讶，但真正令人惊讶的是，这样的事以前从未发生过。

他们一行三人骑在马背上——汤姆和一个叫斯隆的男人，还有一个穿棕色骑装的漂亮女人，她以前来过这里。

“我很高兴见到你，”盖茨比站在门廊上说，“各位光临寒舍，在下荣幸之至！”

好像承蒙他们关怀之情似的！

“请坐，请坐。抽根香烟还是抽支雪茄。”“他在屋子里跑来跑去，忙着拉铃喊来仆人，“我马上让人给你们送点什么喝的来。”

汤姆·布坎南的到来使他受到了很大的震动。但是，无论如何，他有些感到局促不安的样子，直到他张罗着拿出东西招待好了客人，他才隐约意识到他们此番前来只是为了歇歇脚。斯隆先生什么都不想要。柠檬水？不用了，谢谢。来一点香槟吧？什么都不要，谢谢……对不起……

“你们骑马骑得还开心吗？”

“这里的道路很好。”

“我想汽车……”

“是的。”

刚才的介绍汤姆·布坎南权当彼此是初次见面，此刻盖茨比不由自主地把脸转向汤姆·布坎南。

“我相信我们以前见过面的，布坎南先生。”

“哦，是的，”汤姆生硬而不失礼貌地说，但他显然仅仅是出于礼貌的敷衍，“我们的确以前见过。我记得很清楚。”

“大约两周前。”

“没错。当时你和尼克在一起。”

“我认识你太太，”盖茨比接下去说，几乎带有点攻击的意味。

“真的吗？”

汤姆·布坎南转向我。

“尼克，你住在这附近吗？”

“就在隔壁。”

“是吗？”

斯隆先生没有搭茬儿，而是懒洋洋地仰靠在椅子上，脸上带着傲慢的表情；那个女人也没吱声，两杯高杯酒下肚，她突然变得有说有笑了。

“我们都会来参加你的下一次聚会，盖茨比先生，”她建议道，“你觉得怎么样？”

“当然可以，你们能赏光，我很高兴。”

“妙极了，”斯隆先生说，语气中毫无感激之情，“好吧，我想该回家了。”

“请不要着急走，”盖茨比挽留他们。他刚刚的冲动情绪现在已经得以控制，他想多看看汤姆·布坎南的反应。“你们何不——何不留下来吃晚饭？没准纽约还有别的人会来。”

“你们一起到我家吃晚饭吧，”那位太太热情地说，“你们两个都来。”

包括我在内。斯隆先生起身。

“一起来的，”他说道，但只对那位太太说。

“我可没开玩笑，”太太坚持说，“我希望你们都来。坐得下的。”

盖茨比疑惑地看着我。他想去，他看不出斯隆先生打定了主意不让他去。

“恐怕我去不了了。”我说。

“那么，你来。”她力劝盖茨比一个人。

斯隆先生在她耳边小声嘀咕着什么。

“如果我们现在出发就不会迟到了。”她大声说道。

“我没有马，”盖茨比说，“我以前在军队里骑过马，但我从来没有买过马。我得开车跟着你。抱歉，等一会儿我就来。”

我们其他几个人走出门廊，斯隆和那位太太在那里相谈甚欢。

“天哪，我相信那家伙会来的，”汤姆说，“难道他不知道她不想要他来吗？”

“她说她要他来的。”

“她要举行一个盛大的晚宴，他在那里一个人都不认识。”他皱着眉头，“我真纳闷他到底在哪里认识黛西的。天知道，也许我的想法很老套，可这年头的女人太野，我可看不惯。她们遇到了各种各样稀奇古怪的人。”

突然，斯隆先生和那位太太走下台阶，骑上了他们的马。

“来吧，”斯隆先生对汤姆·布坎南说，“我们要迟到了。我们得走了。”然后对我说：“告诉他我们等不及了，好吗？”

汤姆·布坎南和我握了握手，我们其余几个人冷静地点了点头，他们骑着马沿着车道小跑起来，很快消失在八月的树荫里，这时，盖茨比手里拿着帽子和浅色大衣从前门走了出来。

汤姆·布坎南显然对黛西一个人到处乱跑感到不安，因为在接下来的周六晚上，他和她要一起去参加盖茨比的派对。也许他的出现令那次派对的气氛特别沉闷——它深刻地留在我的记忆中，与那个夏天盖茨比的其他派对截然不同。有同样的人，或者至少是同样类型的人，同样的充足的香槟，同样的五颜六色、七嘴八舌的喧闹，但我感到空气中弥漫着一种不悦，一种前所未有的邪恶。或者，也许我只是逐渐习惯了它，逐渐接受了西埃格是一个独立完整的世界，它有自己的标准和大人物，首屈一指的，因为它并不感到相形见绌，而现在我又通过黛西的眼睛去领略那些你已经花费了很多气力才适应的东西，那总是令人难过的。

他们在黄昏时分到达，当我们在珠光宝气的数百位客人中漫步时，黛西的声音在她的嗓子眼儿里玩着呢喃的花样。

“这些东西让我很兴奋。”她低声说道。

“如果你想在今晚任何时候吻我，尼克，只要告诉我，我很乐意为你安排。只要提我的名字即可，或者出示绿色的卡片。我会散发绿色的……”

“到四处看看。”盖茨比建议她。

“我正在往四处看呢。我玩得很开心。”

“你一定会看到很多你听说过的人物的面孔。”

汤姆·布坎南傲慢的目光在人群中游荡。

“我们平时不怎么外出，”他说，“事实上，我只是觉得我在这里一个人都不认识。”

“也许你认识那位女士。”盖茨比指着一位如花似玉的美人，端坐在一棵白梅树下。汤姆·布坎南和黛西目不转睛地看着，认出她是一位平时只会出现在荧幕上的电影大明星，几乎不敢相信是真的。

“她好美啊。”黛西说。

“向她弯腰的那个男人是她的导演。”

盖茨比礼仪周全地领着他们向一群又一群客人介绍：

“布坎南夫人……还有布坎南先生——”短暂犹豫后，他补充道，“马球健将。”

“哦，不，”汤姆连忙否认，“我不是。”

但很明显，盖茨比很高兴这个称谓的含义，因为他在当晚剩下的时间里一直是“马球健将”。

“我从未见过这么多名人！”黛西惊呼道，“我喜欢那个鼻子有点发青的男人——他叫什么名字？”

盖茨比认出了他，并补充说他是一个小制片商。

“哦，反正我喜欢他。”

“我宁愿不做马球健将，”汤姆愉快地说，“我宁愿以……以一个默默无闻的身份看着所有这些名人。”

黛西和盖茨比一起跳了舞。我记得我对他优雅、老式的狐步舞感到惊讶——我以前从未见过他跳舞。然后他们漫步到我家，在台阶上坐了半个小时，按她的要求，我在花园“放哨”。“万一发生火灾或洪灾，”她解释道，“或任何天灾。”

当我们坐下来一起吃晚饭时，汤姆·布坎南突然出现了。“你介意我和那边的几个人人一起吃饭吗？”他说，“一个家伙在讲搞笑的事呢。”

“去吧，”黛西和颜悦色地回答，“如果你想记下些地址，这是我的小金铅笔。”……过了一会儿，她环顾四周，告诉我那个女孩“俗气但很漂亮”，我知道除了她和盖茨比单独待的半个小时之外，她玩得并不开心。

我们这一桌大家都喝醉了。这都怪我——盖茨比被叫去接电话，在两周前，我还觉得这些人挺有意思。可是后来有趣的晚上就变得枯燥乏味了。

“你感觉怎么样，贝德克小姐？”

被称呼的女孩试图倒在我的肩上，可是没成功。听到这个问题，她坐了起来，睁开了眼睛。

“什么？”

一个大块头、懒洋洋的女人一直在怂恿黛西明天和她一起去当地俱乐部打高尔夫，现在又来为贝德克小姐辩护：

“哦，她现在没事了。她每次五六杯鸡尾酒下肚后，总是喜欢大喊大叫。我告诉她不应该喝酒。”

“我是不喝酒的。”受到指责的人随口说道。

“我们听到你大喊大叫，于是我跟这里的希威特医生说：‘有人需要你的帮助，大夫。’”

“我相信她非常感激。”另一位朋友用毫不感激的口气说，“但当你把她的头按进游泳池时，你把她的裙子都弄湿了。”

“我讨厌的事就是把我的头按在游泳池里，”贝德克小姐喃喃自语，“有一次他们在新泽西州差点把我给淹死了。”

“那你就不应该喝酒嘛。”希威特医生反驳道。

“你自己说吧！”贝德克小姐激烈地大喊道，“你的手在发抖。我不会让你给我动手术的！”

就这样。我记得的最后一件事几乎是和黛西站在一起，看着电影导演和他的“大明星们”。他们仍在白梅树下，脸快要贴到一起了，中间只隔着一线淡淡的月光。我突然想到，他整个晚上都在非常缓慢地弯腰，才终于达到这种接近的程度，甚至在我看着他的时候，我看到他弯下最后一点距离，亲吻了她的脸颊。

“我喜欢她，”黛西说，“我觉得她好美。”

但是其他的一切她都讨厌——毫无疑问，因为这不是一种姿态，而是一种情感。她对西埃格十分憎恶，这是百老汇将长岛一个渔村变成了一个前所未有的“胜地”——对其粗犷的活力感到憎恶，这种活力被古老的委婉辞令所掩盖，憎恶那种驱使它的居民沿着一条捷径从一无所有到一无所有的过于突兀的命运。她正是从她无法理解的单纯中看到了可怕的东西。

他们在等车的时候，我和他们一起坐在前门的台阶上。这里很暗；只有那扇敞开的门把十平方英尺的光亮射向幽暗的黎明。有时，楼上更衣室的窗帘上有一个影子略过，然后又出现一个影子，络绎不绝的女客人对着一面看不见人影的镜子涂脂抹粉。

“这个盖茨比到底是谁？”汤姆·布坎南突然问道，“一个大私酒贩子？”

“你从哪里听到的？”我问道。

“我不是听来的。我猜的。你知道，这些新贵中的很多人都是大私酒贩子。”

“盖茨比不是。”我简洁地说道。

他沉默了一会儿。车道上的鹅卵石在他的脚下嘎吱作响。

“好吧，他一定是使出浑身解数才搜罗到这一大群牛鬼蛇神的。”

一阵微风吹动了黛西毛茸茸的灰皮衣领。

“至少他们比我们认识的人更有趣。”她勉强地说。

“你看起来并不怎么感兴趣嘛。”

“是吗？我感兴趣呀。”

汤姆·布坎南大笑，把脸转向我。

“当那个女孩让黛西给她洗冷水澡时，你注意到黛西的脸了吗？”

黛西开始随着音乐哼唱，声音沙哑、节奏低沉，每个字都带出了以前从未有过、以后也不会有过的含义。当曲调升高时，她的嗓音也随着改变，悠扬婉转，正是女低音的本来面目，每一点变化都在空气中散发出她那温暖的、浓郁的人情味的魅力。

“很多人来的时候都没有被邀请，”她突然说道，“那个女孩也没有受到邀请。他们都是不请自来的，而盖茨比又太客气，不好意思谢绝。”

“我想知道他是谁，干什么的，”汤姆·布坎南不断追问，“我想我会努力弄清楚的。”

“我现在就可以告诉你，”她回答，“他拥有一些药店，很多药店。这些都是他自己一手经营起来的。”

拖沓的豪华轿车沿着车道缓缓驶来。

“晚安，尼克。”黛西说。

黛西的目光从我身上移开，转向灯光照亮的台阶顶部，那一年的一首优美而悲伤的小华尔兹曲子《凌晨三点》正从敞开的门洞飘出。毕竟，盖茨比的派对非常随意，就可能有她的世界里完全没有的各种浪漫。这首曲子里似乎有什么东西在呼唤黛西回到内心深处？在现在这种难以预测的黑暗时刻，会发生什么？也许会有一位令人难以置信的客人到来，一位极其罕见且令人惊叹的佳人，一位真正美丽动人的年轻女孩，只要对盖茨比看上一眼，只要短暂的神奇邂逅，这五年来坚定不移的爱情便会荡然无存。

那天晚上我待得很晚，盖茨比让我等到他忙完，我便在花园里游荡，待到最后一批游泳的客人又冷又兴奋，从黑暗海滩跑上来，一直等到头顶客房的灯全部熄灭。他终于走下台阶时，晒黑的皮肤在他的脸上变得异常紧致，他的眼睛明亮但略显疲惫。

“她不喜欢这个派对。”他立即说道。

“她当然喜欢了。”

“她不喜欢，”他坚持说，“她玩得不开心。”

他一声不吭，我猜到了他难以言喻的沮丧。

“我感觉离她很远，”他说，“很难让她理解。”

“你是说舞会的事吗？”

“舞会？”他弹指一挥，就把他开过的所有的舞会都勾销了。“老兄，舞会并不重要。”

他只想让黛西走到汤姆·布坎南面前说：“我从来没有爱过你。”在她用那句话把她和汤姆·布坎南的四年一笔勾销之后，他们可以决定采取更实际的措施。其中之一就是，在她自由后，他们将回到路易斯维尔，从她的家里出发去教堂举行婚礼——就仿佛是五年以前一样。

“她不理解，”他说，“她过去能理解的。那时候我们会一起坐上几个小时……”

他突然停止讲话，开始在一条荒凉的小路上走来走去，路上有水果皮、丢弃的礼物和碾碎的鲜花。

“我看对她不宜要求太高，”我斗胆地说，“你不能重温旧梦的。”

“不能重温旧梦吗？”他满不在乎地喊道，“哪儿的话，我当然可以！”

他发疯似的东张西望，仿佛过去就隐藏在他房子的阴影里，几乎触手可及。

“我会把一切都修复成以前的样子，”他坚定地点头说道，“她会看到的。”

他谈论了很多关于过去的事情，我猜他想找回一些东西，也许是对自己的一些想法，这些东西是他爱上黛西的原因。从那以后，他的生活一直很混乱，但如果他能回到某个起点，慢慢地回顾这一切，他就能发现那是什么……

……五年前的一个秋夜，落叶缤纷的时候，他们正沿着街道走着，来到一个没有树木的地方，人行道被月光照得发白。他们在这里停了下来，四目相对。那是一个凉爽的夜晚，那是一年两度季节变换的时刻，空气中充满了一种莫名其妙的兴奋。万家宁静的灯火仿佛在向外面的黑暗吟唱，天上的星星仿佛也在忙于彼此间互动。盖茨比用眼角的余光看到，一节节的人行道其实形成了一架梯子，通向树上的一个秘密地方——他可以攀登上去，如果他独自攀登的话，一到那里，他就可以吮吸生命的气息，吞下无与伦比的神奇乳汁。

当黛西苍白的脸贴近他的脸庞时，他心跳加快。他知道，当他亲吻这个女孩，并将他难以言喻的幻想与她那短暂的呼吸永远结合在一起时，他的心灵再也不会像上帝的心灵那样自由奔放了。于是他等了一会儿，又听了一会儿被一颗星星撞击的音叉。然后他吻了她。在他的嘴唇触碰时，她像一朵花一样为他绽放，于是这个理想的化身就完成了。

他的这番话，以及令人震惊的伤感，让我也想起了一些东西……一种扑朔迷离的节奏，几句残缺不全的歌词，这是我很久以前在某个地方听到的。不大会儿的工夫，有句话到了嘴边，我的嘴唇像哑巴一样张着，好像除了一股受惊的空气外还有别的什么在上面挣扎着喷薄欲出。但嘴唇却难以发声，因此我几乎能想起的东西永远难以名状。

第 7 章

正当人们对盖茨比的好奇心达到顶点时，在一个周六的晚上他别墅里的灯没有像往常一样亮起来——于是，就像特里马尔乔[①]大宴宾客的生涯一样，当初稀里糊涂地开始，现在又莫名其妙地结束了。我渐渐地才意识到，那些满怀期待的一辆辆汽车乘兴而来，稍做停留，然后便闷闷不乐地开走了。我怀疑他是否生病了，于是走过去看看——一个面目狰狞的陌生仆人从门口用怀疑的眼神看着我。

“盖茨比先生病了吗？”

“没有。”停顿了一会儿，他才慢吞吞地勉强加了一句“先生”。

“我很久没看见他了，我很担心。告诉他卡拉威先生过来了。”

“谁？”他粗鲁地问道。

“卡拉威。”

“卡拉威。好啦，我会告诉他的。”他突然砰的一声把门关上了。

---

① 奴隶出身，通过努力奋斗成为自由民后获得了极高的权力和极多的财富，以举办奢华宴会而出名。

我的芬兰女用人告诉我，盖茨比一周前解雇了他家里的所有仆人，取而代之的是另外六位，他们从未进入西埃格镇接受商人的贿赂，而是通过电话订购适量的生活用品。据杂货店送货的伙计说，厨房脏得像猪圈，镇上的普遍看法是，新来的人根本不是仆人。

第二天盖茨比打电话给我。

“要出门吗？”我问道。

“不，老伙计。”

“我听说你解雇了所有的仆人。”

“我需要的不是嚼舌根子的人。黛西经常来——总是下午。”

原来如此，由于她不满，整个旅馆就像纸牌搭的房子一样坍塌了。

“他们是伍尔夫山姆想帮助的人。他们都是哥们儿和姐们儿。曾经经营一家小酒店。”

“我明白了。”

他是应黛西的要求打电话来的——问我明天去不去她家吃午饭？贝克小姐会在那里。半小时后，黛西亲自打电话来，知道我要来了，她似乎感到欣慰。一定是出了什么事。可是，我不敢相信他们会选择这个场合大闹一场——尤其是盖茨比曾在花园里提出的令人十分难堪的闹剧。

第二天酷热难耐，几乎是夏天最后一天，当然也是夏季最热的一天。我乘坐的火车从隧道里出来，沐浴在阳光下，只有全国饼干公司热辣辣的汽笛声打破了中午闷热的寂静。车厢的稻草座椅热得快要着起来了；我旁边的那个女人穿着白色衬衫，开始微微出了一点汗，后来，当她的报纸在手指下打湿时，她陷入了绝望的酷热之中，向后一倒，长叹一声。她的皮夹子啪的一声掉在了地板上。

“哎呀，天哪！”她喘着粗气。

我懒洋洋地弯下腰把它捡起来，递给她，手伸得远远的，捏着皮夹子的一个角，以表明我并没有非分之想的意思——但附近的每个人，包括那个女人，都在怀疑我。

“热！”列车员对熟悉的面孔说，“这鬼天气！……热！……热！……热！对你来说够热吗？热吗？你觉得……？”

我的月季票递还给我时，上面留下了他手上的黑汗渍。在这么热的天气里，还有谁会去关心他吻了谁的朱唇，谁的头靠湿了他胸前的睡衣口袋！

……盖茨比和我在门口等开门的当口，一阵微风吹过汤姆·布坎南的房子的大厅，带来电话铃声。

“主人的尸体！”男管家对着话筒吼道，“对不起，夫人，但我们不能提供——今天中午太热了，没法碰！”

他其实说的是：“好的……好的……我去看看。”

他放下听筒，向我们走来，头上大汗淋漓，接过我们的硬草帽。

“夫人在客厅等你！”他喊道，一面不必要地指着方向。在这种高温下，每一个多余的手势都是对生命储备的浪费。

由于外边罩着遮阳棚，房间显得阴暗又凉爽。黛西和乔丹躺在一张巨大的沙发上，就像两座银白色雕像正用手压着她们自己的白色连衣裙以防被电扇的风吹起来。

“我们不能动。”她们俩异口同声地说。

乔丹的手晒黑的地方涂上了白色粉末，在我的手指里放了一会儿。

“运动健将托马斯·布坎南[①]先生在哪呢？”我问道。

与此同时，我听到了他的声音，粗犷、低沉、沙哑，他正在大厅里接打电话。

盖茨比站在深红色地毯的中央，用着了迷的目光凝视着周围。黛西看着他，发出她那甜蜜而动人的笑声；从她胸前微微透出一股香粉的气息，飘向空中。

“据说，”乔丹低声说道，“电话里是汤姆·布坎南的情人。”

我们都不说话。大厅里的声音因气恼而提高了：“好吧，那么，我根本不会把车卖给你……我对你没有任何义务……至于你在午餐时间以此来烦我，我根本无法忍受！”

“按下听筒。”黛西冷嘲热讽地说。

“不，他没有，”我向她保证，“这是一笔真正的交易。我碰巧知道这件事。”

汤姆·布坎南猛地打开门，用他那粗壮的身体顷刻间挡住了门，然后匆匆走进房间。

“盖茨比先生！”他伸出他那宽大、扁平的手，成功地掩饰

① 即汤姆·布坎南。

了自己的厌恶，“很高兴见到你，先生。……尼克……”

“给我们来一杯冷饮。”黛西喊道。

当他又要离开房间时，她起身走到盖茨比面前，把他的脸往下拉，吻他的嘴。

“你知道我爱你。”她低声说道。

乔丹说：“你忘了还有一位女士在场。”

黛西迟疑地环顾四周。

“你也吻尼克呀。”

“多么低级、下流的女孩！”

“我不在乎！”黛西大声说，然后开始在砖砌的壁炉前跳起舞来。然后她想起了炎热的天气，又不好意思地坐在沙发上，这时一个穿着新洗的衣服的保姆搀着一个小女孩走进房间来。

“心——肝，宝——贝”她嗲声嗲气地说，一边伸出她的双臂，“快到爱你的妈咪这里来。”

保姆一撒手，孩子冲过房间，羞答答地扑到母亲的怀里。

“心——肝，宝——贝啊！妈咪把粉弄到你黄色的头发上了吗？站起来，说声——您好。”

盖茨比和我依次弯下腰，握一握那只不情愿伸出的小手。之后，他一直惊奇地看着孩子。我想他以前从来没有真正相信过这个孩子的存在。

“我午饭前就穿好了衣服。”孩子说，急切地转向黛西。

“那是因为你妈咪想显摆你。”她低下头把脸埋进孩子雪白的小脖子上细细的皱纹里、“你这个小宝贝。你这个独一无二的小宝贝。”

“是啊，”孩子平静地应答着，“乔丹阿姨也穿了一件白色连衣裙。”

“你喜欢妈咪的朋友吗？”黛西转过身来，面对盖茨比，“你觉得他们漂亮吗？”

“爸爸去哪里了？”

“她长得不像她爸爸，”黛西解释道，“她长得像我。她的头发和脸型都像我。”

黛西坐回沙发上。保姆向前一步，伸出了她的手。

“来吧，帕米。”

“再见，乖宝贝！”

这个有规矩的孩子依依不舍地回头看了一眼，抓住保姆的手，被拉出了门，就在这时，汤姆·布坎南回来了，身后跟着四杯杜松子利克酒，里面装满了冰块咔嚓作响。

盖茨比端起一杯酒。

“这酒肯定很凉。”他说话时明显有点紧张。

我们大口大口地吞咽。

“我曾经在某个地方读到过，说太阳一年比一年热，”汤姆和蔼地说，“好像地球很快就会掉进太阳里——等一下——恰恰相反——太阳一年一年在变冷。”

“到外面去吧，”他向盖茨比建议道，“我想让你看看这个地方。”

我和他们一起去了阳台，在绿色的海湾上，海水在炎热中停滞不动，一只小帆船慢慢地向更新鲜的海水移动。盖茨比的目光片刻间追随着这条帆船；他举起手，指着海湾的另一边。

“我就在你的正对面。”

“的确如此。”

我们的目光掠过玫瑰花坛、被太阳炙烤得滚烫的草坪和岸边大热天的杂草。那只小船的白色翅膀在蔚蓝清凉的天际的映衬下缓缓移动。前方是水波荡漾的海洋和星罗棋布的小岛。

“这是多么好的运动啊，”汤姆·布坎南点头说道，“我真的想和他一起出去玩上一个小时。”

我们在餐厅共进午饭，炎热被挡在了外边，所以里边显得很阴凉，就着凉爽的啤酒，大家把强颜欢笑一起喝下肚去。

“今天下午我们干点什么呢？”黛西喊道，“还有明天，以及接下来的三十年呢？”

“不要发神经了。”乔丹说，“秋高气爽的时候，生活又重新开始了。”

“但天气太热了，”黛西强忍着泪水说，“一切都混乱不堪。咱们都进城去吧！”

她的声音继续在高温中挣扎着，拍打着它，把无知觉的热气塑造成了各种形状。

“我听说过可以把马厩改成车库，”汤姆·布坎南对盖茨比说，“但我是第一个把车库改成马厩的人。”

“谁想进城？”黛西问道，盖茨比的眼睛慢慢向她看过来。“啊，”她喊道，“你看起来很帅。”

他们二人目光相对，一起凝视着对方，超然物外。她使劲瞥了一眼桌子底下。

“你看起来总是那么帅。”她反复说。

黛西告诉盖茨比她爱他，汤姆·布坎南也看到了。他大吃一惊。他的嘴微微张着，看了看盖茨比，然后又看了看黛西，好像他刚刚意识到她是盖茨比很久以前就认识的人。

“你很像广告里那个男人，”她天真地继续说道，“你知道那个人的广告吗？”

“差不多得了，”汤姆·布坎南赶紧打断了她的话，“我非常愿意进城。走吧，我们一起进城去。”

他站了起来，眼睛仍在盖茨比和妻子之间飘忽不定。谁都没动。

“走啊！”他有点发火了，“到底怎么回事？如果要进城，就赶紧走啊。”

他把最后一点啤酒端到嘴边，他的手因努力控制自己而颤抖。黛西招呼我们站了起来，走到外边滚烫的碎石路上。

“我们就这样走吗？”她表示反对，“像这样？难道我们不应该先抽根烟吗？”

“午饭的时候大家从头到尾都在抽烟。”

“哦，让我们开心一下，”她恳求他，“天太热了，不要闹了。”

汤姆·布坎南没有回答。

“随你便吧，”她说，“来吧，乔丹。”

他们上楼准备，而我们三个人站在那里用脚把滚烫的鹅卵石来回踢着玩。一弯银月已经悬在西边。盖茨比刚开始说话，就改变了主意，想闭嘴，但汤姆·布坎南转过身来看着他等他说话。

“你的马厩在这里吗？”盖茨比勉强地问道。

“沿着这条路走大约四分之一英里。”

“哦。”

停顿了一下。

“我真不明白为什么要进城，”汤姆·布坎南气哼哼地说，“女人总是善变……”

“我们要带点什么喝的吗？”黛西从楼上的窗户喊道。

“我要一些威士忌。”汤姆·布坎南回答。他进去了。

盖茨比生硬地转向我说：

“我在他家里啥也不能说，老兄。”

“她的声音很不得体，”我说，“它充满了……”我犹豫了一下。

“她的声音里充满了铜臭味。”他突然说道。

没错。我以前不明白。它是充满了铜臭味——这正是她抑扬起伏的声音充满无穷魅力之处，金钱的丁当声，铙钹齐鸣的乐声……高高的在白色的宫殿里，国王的女儿，黄金女郎……

汤姆·布坎南从房子里出来，用毛巾包着一瓶酒，容量为一夸脱，黛西和乔丹紧随其后，她们戴着亮晶晶的硬布料做的又小又紧的帽子，胳膊上搭着薄纱披肩。

“大伙儿都坐我的车去好吗？”盖茨比建议。他摸了摸座椅上滚烫的绿色皮革座位：“我应该把它停在阴凉处。”

“这车用的是标准排挡吗？”汤姆·布坎南问道。

“是的。”

“好吧，你开我的小轿车，让我开你的车开进城。”

这个建议令盖茨比反感。

“可能油不多了。”他表示反对。

“汽油充足，”汤姆·布坎南吵嚷嚷地说，他看了看仪表，“油如果用完了，我可以在杂货店停下来。这年头杂货店里啥都能买到。”

在这句显然毫无意义的话之后，大家沉默了一下。黛西皱着眉头看着汤姆·布坎南，盖茨比的脸上掠过一种难以形容的表情，既陌生又似曾相识，好像我以前只听人用语言描述的一样。

“走吧，黛西，”汤姆·布坎南说，用手把她向盖茨比的车推去，“我带你乘坐马戏团的车。”

他打开了门，但她从他的臂弯里挣扎出来了。

“你带走尼克和乔丹。我们开轿车跟随你。”

她走近盖茨比，用手抚摸着他的外套。乔丹、汤姆·布坎南和我坐到盖茨比车子的前排座位上，汤姆试探性地推了一下不熟悉的档位，我们在闷热的天气中出发，把他们抛在身后看不见了。

“你看到了吗？”汤姆·布坎南问道。

“看到什么了吗？”

他敏锐地看着我，意识到乔丹和我一定早就知道了。

“你们觉得我很傻，是不是？”他说，“也许我是傻，但我有一种——有时几乎是第二视觉，它告诉我该怎么做。也许你不信，但这是科学……”

他停顿了一下。眼前的紧急事件占据了他的头脑，把他从理论深渊的边缘拉了回来。

“我对这个家伙做了一番小小的调查，”他继续说，“我原本可以调查得更深入一些的，如果我知道……”

“你是说你去找过巫师吗？”乔丹幽默地问道。

“什么？”当我们大笑时，他困惑地盯着我们，“巫师？”

“去问盖茨比的事。”

“去问盖茨比的事！不，我没有。我是说我一直在调查他的过去。”

“你发现他是牛津大学毕业生。”乔丹帮他说道。

“牛津大学毕业生！”他根本不信，“他要是那他妈才怪呢！还穿着一套粉红色的西装。”

“可是他还是牛津毕业生。”

“新墨西哥州的牛津小镇，”汤姆·布坎南轻蔑地哼了一声，“或者类似的地方。”

“我说，汤姆·布坎南。你既然这么瞧不起人，那你还邀请他吃午饭干吗？”乔丹生气地问道。

“是黛西邀请的他；在我们结婚之前黛西就认识他了——天知道在哪里认识的！”

啤酒的酒劲已过，我们现在都感到烦躁易怒，又因为意识到了这一点，所以我们就静静地开了一会儿车。然后，当T.J·埃克伯格医生褪色的眼睛广告招牌在路的前方出现时，我想起了盖茨比出发前对汽油不多的警告。

“我们有足够的汽油把车开进城。”汤姆·布坎南说。

“但这里就有一个车行，”乔丹反对道，“我不想在这大热天里让车子抛锚。”

汤姆·布坎南不耐烦地踩下两边的刹车，车子扬起一片尘土，在威尔逊车行的指示牌下突然停住。过了一会儿，店主从他的店内出来，两眼呆呆地看着我们的车子。

“给我们加点汽油！”汤姆·布坎南粗暴地喊道，“你认为我们停下来是为了欣赏风景的吗？”

“我病了，”威尔逊一动不动地说，“病了一整天啦。”

“怎么啦？”

“我身体累垮了。”

“好吧，我可以自己动手吗？”汤姆·布坎南问道，“你刚才在电话里听起来还挺好的嘛。”

威尔逊费力地从门口的阴凉处走出来，喘着粗气，拧开了油箱的盖子。在阳光下，他的脸上一副病容。

“我不是故意打扰你吃午饭，”他说，“但我急需用钱，我想知道你打算怎么处理你的旧车。”

“你觉得这个车怎么样？”汤姆·布坎南问道，“我上周才买的。”

“这辆黄车不错。”威尔逊一边说，一边用力加油。

“想买吗？”

“买不起，”威尔逊淡淡地一笑，“想也白想，但是我可以在那辆车子上赚点钱。”

“突然之间，你要钱干什么？”

“我在这里太久了。我想离开。我和妻子想去西部。”

“你妻子想去西部？”汤姆吓了一跳，惊叫道。

“这件事她都说十年了。”他靠着加油机休息了一会儿，用手搭在眼睛上遮住阳光，“现在不是她想不想走的问题，是我要让她离开这里。”

一辆跑车从我们身边一闪而过，扬起一片尘土，车上有一只手在向我们挥舞。

“我该付你多少钱？”汤姆·布坎南粗鲁地问道。

“我最近两天才意识到一些蹊跷的事情，”威尔逊说，“这就是我想离开，及我一直在为那辆车打扰你的原因。”

“我该付你多少钱？”

“20 美元。”

无情的高温开始让我感到头闷眼花，因此我有一阵儿很难受，然后才意识到，到那时为止他还没有开始怀疑汤姆·布坎南。他发现默特尔背着他在另一个世界里有她自己的生活，这种震惊让他身患疾病了。我盯着他，然后又盯着汤姆·布坎南，他在不到一个小时前也有了类似的发现——我突然想到，智力或是种族上的差异远不如病人和健康的人之间的差异那么深刻。威尔逊病得这么重，看起来很像犯了什么罪似的，不可原谅的罪行——就好像他刚刚把一个可怜的女孩肚子搞大了。

“我会把那辆车子卖给你的，”汤姆·布坎南说，“我明天下午送过去。”

那个地方总是有点令人不安，即使是在下午的强光下也是如此，现在我转过头去，好像有人提醒我背后有什么东西。在灰烬堆上方，T.J·埃克伯格医生那双巨大的眼睛一直在守望着，但过了一会儿，我意识到，其他的眼睛在不到二十英尺的地方聚精会神地注视着我们。

在车行楼上的一扇窗户里，窗帘被移到了一边，默特尔·威尔逊正向下凝视着这辆车子。她那么专注，因此没有觉察到有人在注视她，一种接一种的表情从她的脸上流露出来，就像物体出现在慢慢显影的照片上。她的表情似曾相识——这是我经常在女人脸上看到的表情，但在默特尔·威尔逊的脸上，这似乎毫无意义且令人费解，直到我意识到，她那双充满嫉妒和恐惧的大眼睛不是盯着汤姆·布坎南，而是盯着乔丹·贝克，原来她把乔丹当成了汤姆的妻子。

一个单纯的头脑一旦陷入困惑就非同小可。当我们开车离开时，汤姆·布坎南感到一阵惊慌失措的灼热，就像鞭子在抽打一样。一个小时前，他的妻子和情妇还安然无恙，突然变得他无法控制了。本能让他踩下油门，他有两个目的：一是超越黛西，二是把威尔逊甩在身后。我们以每小时 50 英里的速度向阿斯托里亚奔去，直到在高架铁路蜘蛛网似的钢架中穿梭，我们才看到了那辆悠闲的蓝色的双座小轿车。

“五十街周围的那些大电影院很凉快，”乔丹建议道，“我喜欢夏天午后的纽约，那时街上空旷寂静。有一种性感的滋味——熟透的感觉，就像各种奇异的果实都会落入你的手中。”

“性感”二字让汤姆·布坎南更加惶恐不安，但他还没来得及发起抗议，轿车就停了下来，黛西示意我们停在旁边。

“我们要去哪里？”她喊道。

“电影院怎么样？”

“天气太热了，”她抱怨道，“你们去吧。我们去兜兜风，然后再和你碰头。”她又勉强讲了两句俏皮话，“我们约好在某个街角和你们碰头。我就是那个抽着两根香烟的男人。”

“我们不能在这里争论，”汤姆·布坎南不耐烦地说，一辆卡车在我们身后拼命按喇叭，“你跟着我到中央公园南侧，广场饭店前。”

有好几次，他都回头寻找他们的车，如果他们没跟上，他就会减速，直到他们出现。我想他害怕他们会沿着一条小巷飞驰而去，从此永远从他的生活中消失。

但他们并没有。而我们做出了一个更难解释的行——在广场酒店租了一间套房的客厅。

那场漫长的、喋喋不休的争吵，以把我们一起赶进那间屋子而告终，我至今没搞清楚是怎么回事，可是我清楚地记得，在这个过程中，我的内裤像一条湿漉漉的蛇一样不停地在腿上爬，断断续续的冷汗珠横流浃背。这个主意源于黛西的建议，即我们租五间浴室，洗冷水澡，然后采取更实际的形式，即“一个喝薄荷酒的地方”。我们每个人都一遍又一遍地说这是一个“疯狂的想法”——我们都同时和一个左右为难的店员交谈，自认为或假装认为我们这样很有趣……

那间屋子很大，但是很闷，虽然已经四点了，但打开窗户只能感受到从公园里的灌木丛涌来的一股热浪。黛西走到镜子前，背对我们站着，整理着她的头发。

“这个套房很棒。”乔丹毕恭毕敬地低声说道，使得大家都笑了。

“再打开一扇窗户。”黛西命令道，没有转身。

“没有窗户可开了。”

“好吧，我们最好打电话要一把斧头……”

“心静自然凉，”汤姆·布坎南不耐烦地说，“你这样喋喋不休地唠叨只会使炎热难受的程度增加十倍。”

他把包裹那瓶威士忌的毛巾展开，把酒放在桌子上。

“你干吗要找她的麻烦，老兄？”盖茨比说道，“是你自己要进城的。”

沉默了一会儿。电话簿从钉子上滑落，掉到了地板上，于是乔丹低声说道：“对不起”，但这次没有人笑。

“我去把它捡起来的。”我主动提出。

“我捡到了。”盖茨比检查了一下断开的绳子，饶有兴趣地喃喃自语“哼”了一声，然后把电话簿扔在椅子上。

“‘哼’是你的口头禅，对不对？”汤姆·布坎南尖锐地说。

“是什么？”

“张口闭口‘老兄’。你是从哪里学的？”

“喂！听我说！汤姆·布坎南，”黛西从镜子里转过身来，说道，“你要是针对个人评头论足，我一分钟都不会待在这里。打电话叫点冰块做冰镇薄荷朱利酒。”

当汤姆·布坎南拿起电话听筒时，那憋得紧紧的热气突然爆发出声音，我们听到门德尔松的《婚礼进行曲》中的华美庄严的旋律从楼下舞厅里传上来。

“想象一下，在这么热的天气里嫁人是什么滋味！”乔丹沮丧地喊道。

“不过，我是六月中旬结婚的，”黛西回忆道，“六月的路易斯维尔！有个人晕倒了。是谁晕倒了，汤姆？”

“比洛克西。”他简短地回答道。

“一个叫比洛克西的人。‘大块头’比洛克西，他是做盒子生意的——这是事实——他又是来自田纳西州的比洛克西市的。”

“他们把他抬进了我家，”乔丹补充道，“因为我家离教堂仅两家之隔。他住了三个星期，直到爸爸告诉他可以走了为止。他离开的第二天，爸爸就去世了。”过了一会儿，她又补充道，语气听起来好像很不敬，“这两件事没什么联系。”

“我以前认识一个来自孟菲斯的比尔·比洛克西。”我说道。

“那是他的表弟。在他离开之前，我就对他的整个家族历史了如指掌了。他给了我一个高尔夫球的轻击球杆，我直到今天还在使用。”

婚礼一开始，音乐就停了下来，这时从窗户里飘来了长长的欢呼声，接着是断断续续的“耶——耶——耶！”的叫喊，最后是爵士乐的声音，跳舞开始了。

“我们越来越老了，”黛西说，“如果我们年轻的话，我们会站起来跳舞。”

“还记得比洛克西吗？”乔丹提醒她，“汤姆·布坎南，你在哪里认识他的？”

“比洛克西？”他聚精会神地想了一会儿，“我不认识他啊。他是黛西的朋友。”

“他才不是黛西的朋友呢，”她否认道，“我以前从未见过他。他是坐你的专车来的。”

“嗯，他说他认识你。他说他是在路易斯维尔长大的。阿萨·伯德在最后一刻把他带过来，问我们是否有地方让他坐。”

乔丹笑了。

“他可能是求人捎他回家。他告诉我他在耶鲁大学时是你们的班长。”

汤姆·布坎南和我面面相觑。

“比洛克西？”

“首先，我们根本没有班长……”

盖茨比用脚不住地在地上敲了几下，汤姆·布坎南突然注意到他。

“说起来，盖茨比先生，我知道你是牛津毕业生。”

“不完全是。”

“哦，是的，我知道你上过牛津大学。”

“是的，我去过那里。”

停顿了一下。然后汤姆·布坎南的声音，带有怀疑和侮辱的语气："你一定是在比洛克西去纽黑文的时候去牛津的吧。"

又停顿了一下。一个服务员敲了敲门，拿着碎薄荷和冰块进来，但他的"谢谢"和轻轻关门声打破了沉默。这个巨大的细节终于要澄清了。

"我告诉过你我去过那里。"盖茨比说。

"我听到了，但我想知道是什么时候。"

"那是在 1919 年，我只待了五个月。这就是为什么我不能真正称自己为牛津毕业生的原因。"

汤姆·布坎南瞥了大家一眼，看看我们是否也表示跟他一样的怀疑。但我们都在瞅着盖茨比。

"停战后，他们给了一些军官上大学的机会，"他继续说道，"我们可以上英国或法国的任何一所大学。"

我想站起来拍拍他的后背。我又一次感到对他完全信任，这是我以前经历过的。

黛西站了起来，微微一笑，走向桌子。

"打开威士忌，汤姆·布坎南，"她命令道，"我给你做一杯薄荷酒。这样你就不会觉得自己那么愚蠢了……瞧瞧这薄荷叶！"

"等一下，"汤姆·布坎南厉声说道，"我想再问盖茨比先生一个问题。"

"请便。"盖茨比礼貌地说。

"不管怎样，你想在我家引起什么样的纷争？"

他们终于把话挑明了，这正中盖茨比下怀。

“他没有引起纷争。”黛西绝望地看看这个，瞅瞅那个，“你引起了一场纷争。请有一点自制力吧。”

“自制！”汤姆·布坎南难以置信地重复道，“我想最时新的事情就是装聋作哑，让不知哪儿来的阿猫阿狗和你的老婆调情做爱。好吧，如果是这样的话，你可以把我排除在外……这年头人们开始藐视家庭生活和家庭制度，接下来他们就该不顾一切，搞黑人和白人通婚了。”

他慷慨激昂，胡言乱语，脸涨得通红，俨然独把自己看成是人类文明的最后捍卫者。

“我们都是白人。”乔丹低声说道。

“我知道我不太受欢迎。我不举办大型派对。我想你非得把房子搞成猪圈才能有朋友……在现代世界。”

尽管我和大家都很生气，但每当他一开口，我就忍不住要笑。因为他从一个浪荡公子竟摇身一变成了道学先生。

“我也有话要告诉你，老兄……”盖茨比开始说道。但黛西猜到了他的意图。

“请不要说了！”她无可奈何地打断了盖茨比的话，“咱们都回家吧。都回家不好吗？”

“这是个好主意。”我站了起来，“走吧，汤姆·布坎南。没人想喝酒。”

“我想知道盖茨比先生要告诉我什么。”

“你妻子不爱你，”盖茨比说，“她从来没有爱过你。她爱的是我。”

“你一定疯了吧！”汤姆·布坎南不由自主地喊道。

盖茨比激动得跳了起来。

“她从来没有爱过你，你听到了吗？”他喊道，“她之所以嫁给你，是因为当初我很穷，她不愿意等我。这是一个可怕的错误，但在她心中，除了我，她从未爱过任何人！”

在这个节骨眼上，乔丹和我试图离开，但汤姆·布坎南和盖茨比都争先恐后阻拦，硬要我们留下来，好像他们都没有什么要隐瞒的，能间接地分享他们的感情也是一种荣幸。

“坐下，黛西，”汤姆·布坎南的声音竭力装出父辈的口吻，但并不成功，“发生了什么事？我想一听究竟。”

“我告诉过你发生了什么，”盖茨比说，“持续五年了，你竟然不知道。”

汤姆·布坎南嗖的一下转向黛西。

“五年来你一直和这家伙见面？”

“没有见面，”盖茨比说，“不，我们见不了面。但我们一直都很相爱，老兄，你却不知道。我过去有时会笑”——但他的眼睛里没有笑意，“想到你并不知道。”

“哦，就这些吗？”汤姆·布坎南像牧师一样把他的粗手指合拢轻轻地敲了敲，然后向后靠在椅子上。

“你疯了！”他大发雷霆，“我不能谈论五年前发生的事情，因为当时我不认识黛西——可是我想不明白你怎么就沾上她的边了，除非你把杂货带到她家后门口。至于剩下的都是他娘的胡谄。黛西嫁给我的时候是爱我的，现在也爱我。”

“不。”盖茨比摇着头说。

“可是她的确爱我。问题是，有时她脑子里会胡思乱想，干些莫名其妙的事。”他睿智地点头，“而且，我也爱黛西。虽然偶尔我会出去胡扯，放纵一下自己，干点蠢事，但我总会回头，而且我心里一直是爱她的。”

“你太恶心了，”黛西说。她转向我，声音降低了一个八度音阶，房间里充满了令人毛骨悚然的轻蔑：“你知道我们为什么离开芝加哥吗？我很惊讶他们居然没有给你讲他胡作非为的故事。”

盖茨比走过去，站在她身边。

“黛西，现在一切都结束了，”他认真地说，“这已经不重要了。只要告诉他真相——你从来没有爱过他——一切都永远勾销了。”

她茫然地看着他：“是啊——我怎么会爱他——怎么可能？”

“你从来没有爱过他。”

她犹豫不决。她的眼神带着一种哀诉落在乔丹和我身上，好像她终于意识到自己在做什么——好像她一直以来都没有打算做任何事情。但现在木已成舟，为时已晚。

“我从来没有爱过他。”她说，显然很勉强。

“在卡皮奥拉尼也没爱过吗？”汤姆·布坎南突然质问道。

“没有。”

楼下的舞厅里，低沉而令人窒息的旋律在热浪中飘荡。

“那天我把你从‘庞趣勃’号游轮上抱下来，担心你弄湿鞋子，你也不爱我吗？”他沙哑的声音中流露着柔情，“黛西？”

“请不要再说了。”她的声音很冷漠，但怨恨已经消失了。她看着盖茨比。“你看，杰伊。”她说，但当她试图点燃一支香烟时，她的手在颤抖。突然，她把香烟和燃烧的火柴都扔在了地毯上。

“哦，你的要求太过分了！”她对盖茨比喊道，“我现在爱你了，这还不够吗？过去的事我无法挽回。”她开始无助地哭泣，“我确实曾经爱过他，但我也爱过你。”

盖茨比的眼睛睁开又闭上。

“你也爱过我吗？”他重复道。

“这种瞎话有什么意义，”汤姆·布坎南恶狠狠地说，“她压根儿不知道你还活着。你要知道——黛西和我之间有些事情你永远不会知道，我们都不会忘记。”

这些话似乎深深刺痛了盖茨比的心。

“我要跟黛西单独谈谈，”他执意说，“她现在太激动了……”

“即使单独和我谈，我也不能说我从未爱过汤姆·布坎南，”她用让人同情的声调承认道，“这不是真心话。”

“当然不是真心话。”汤姆附和道。

她转向她的丈夫。

“就好像你还在乎似的。”她说。

“当然还在乎。从今往后我会更好地照顾你。”

“你不明白，”盖茨比带着一丝惊慌说道，“你不会再有机会照顾她了。”

“我没机会了？”汤姆·布坎南瞪大眼睛，放声大笑。他现在可以控制自己了，“为什么呢？”

“黛西要离开你了。”

“胡说八道。”

“不过我是要离开你了。”她显然很费劲地说道。

“她不会离开我的！”汤姆·布坎南突然破口大骂盖茨比，“总归不会为了一个鸟骗子离开我，连给她戴上的戒指都要去偷来的鸟人。”

“我受不了了！”黛西喊道，“哎呀，咱们走吧。”

“你究竟是谁？”汤姆·布坎南突然发作，“你是和迈尔·伍尔夫山姆差不多的一路货色，我碰巧知道这一点。我已经对你的事情有所调查，明天我会进一步调查。”

“随你便，老兄。”盖茨比镇定地说道。

“我打听到了你的药房是什么名堂。”他转向我们，语速很快，“他和这个伍尔夫山姆在这里和芝加哥买下了很多街边药房，并在柜台上出售酒精给人喝。这就是他的无数花招中的一个。我第一次见到他就猜出他是私酒贩子，果然没错。”

“那又怎样？”盖茨比礼貌地说，“你的朋友沃尔特·彻斯和我们合伙并不觉得丢人嘛。”

“你已经陷他于不义了，不是吗？你让他在新泽西州蹲了一个月大狱。我的天哪！你应该听听沃尔特对你的看法。”

“他来找我们入伙时身无分文。他现在赚到钱了很高兴的，老兄。”

汤姆·布坎南喊道：“你别叫我‘老兄’！”盖茨比没搭茬儿。“沃尔特本来可以告你们违反赌博法的，但是伍尔夫山姆对他进行恫吓才让他闭上了嘴。”

盖茨比的脸上又出现了那种既陌生又似曾相识的表情。

“药房的生意只不过是小意思，”汤姆·布坎南继续慢慢地说道，“但你现在又在搞什么勾当，沃尔特不敢告诉我。”

我瞥了黛西一眼，她惊恐地盯着盖茨比和她丈夫，又瞥了乔丹一眼，她开始在下巴上平衡一个看不见但很吸引人的物体。然后我转向盖茨比，被他的表情吓了一跳。他看上去好像刚“杀了一个人”似的，我说这话和他花园里胡言乱语的诽谤毫不相干。可有一会儿，他脸上的表情恰恰可以用那种荒诞的方式来形容。

这种表情过去之后，他开始激动地和黛西说话，否认一切，极力维护自己的名声，抵制那些还未出现的莫须有的指控。但他说得越多，就显得越疏远，所以他不说话了，只有那个死去的梦随着下午的时光流逝在苦苦挣扎，拼命想触摸那些无影无踪的东西，朝着屋子那边那个失去的声音痛苦地、满怀希望地挣扎着。

那个声音再次恳求离开。

“求你了，汤姆！我再也受不了啦。”

她惊恐的眼睛告诉我们，无论她有什么意图，有什么勇气，都已经不复存在了。

“你们俩动身回家吧，黛西，”汤姆·布坎南说，“坐盖茨比先生的车。”

她看着汤姆·布坎南，极为惊慌，但他故作大度，以示轻蔑，执意要她去。

“去吧。他不会惹你生气的。我想他已经意识到他那自以为是的小调情已经结束了。”

他们走了，一言未发，就这样走了，那么的无关紧要，形单影只的，就像一对鬼影一样，甚至和我们的同情都隔绝了。

过了一会儿，汤姆·布坎南站起来，开始用毛巾把那瓶未开封的威士忌包起来。

“要来点这东西吗？乔丹？……尼克？”

我没吱声。

“尼克？”他再次问道。

“什么？”

“要来点吗？”

“不用……我刚想起今天是我的生日。”

我三十岁了。未来十年在我面前是一条凶多吉少、险象环生的人生之路。

七点钟的时候，我们和他一起上了小轿车，开始前往长岛。汤姆·布坎南不停地说话，兴高采烈，大笑不止，但他的声音对乔丹和我来说，就像人行道上人声鼎沸的喧闹声或头顶上高架铁路轰隆隆的车流声一样遥远。人类的同情心是有限度的，因此我们也乐于让他们所有悲情的争论随着城市的灯火渐渐消失。三十岁——展望十年的孤独，可交往的单身汉越来越少，浓烈的感情逐渐变淡，头发逐渐稀疏。但我身边有乔丹，她和黛西不同，她少年老成，不会把成年旧梦年复一年深藏心底。当我们驶过黑暗的铁桥时，她苍白的脸懒洋洋地靠在我的肩膀上，她紧紧握住我的手缓解了三十岁生日带来的巨大压力。

于是，我们在凉爽的暮色中驶向死亡。

在灰烬堆旁经营咖啡店的年轻希腊人米切利斯是后来审讯时的主要目击证人。那个大热天他一觉睡到下午五点多才起床，这时他溜达到车行，发现乔治·威尔逊在办公室里病倒了——病得很重，脸色像自己的头发一样苍白，浑身发抖。米切利斯劝他上床躺会儿，但威尔逊拒绝了，说如果他这样做，他会错过很多生意。当他的邻居试图说服他时，楼上突然大吵大闹起来。

威尔逊平静地解释道："我把我妻子锁在楼上了。她会一直待到后天，然后我们就搬走。"

米切利斯大吃一惊；他们已经是四年的邻居了，威尔逊似乎从来不像能说出这种话的人。一般来说，他是一个忙到筋疲力尽的人：当他不干活的时候，就坐在门口的椅子上，盯着路上来来往往的行人和车辆。不管谁跟他说话，他总是和和气气、有气无力地笑笑。他听老婆的使唤，自己没有一点主见。

因此，米切利斯很自然想知道发生了什么，但威尔逊只字不提——相反，他却向这位来访者投以古怪、怀疑的目光，并盘问他在某些日子的某些时间做了什么。就在后者越来越不安的时候，几个工人从门口走过，准备去他的餐馆，米切利斯就趁机离开了，打算稍后再回来。但他并没有再回来。他可能是忘了，所有就是这些。七点刚过，当他再次来到外面时，他想起了刚才的谈话，因为他听到了威尔逊太太在楼下车行里破口大骂。

“你打我呀！”他听到她嚷嚷，“让你推，你打我呀，你这个恶心的小孬种！”

过了一会儿，她从门里冲出来，朝黄昏中奔去，一边挥舞着双手一边叫喊——还没等他出门，惨剧就发生了。

“肇事车”——报纸上是这么称呼的，它压根没停就从苍茫的暮色中冲了出来，撞人后，司机惊慌失措犹豫了片刻，然后在下一个弯道附近消失了。米切利斯甚至不确定车子的颜色——他告诉第一个警察是浅绿色的。另一辆开往纽约的车开到一百码外停了下来，司机赶回默特尔·威尔逊被撞的地点，发现她跪在公路上死于非命，发黑的一滩浓血与灰尘混合在一起。

米切利斯和这个人最先赶到她身边，但当他们撕开她被汗水打湿的衬衫时，发现她的左边乳房像皮瓣一样耷拉着，所以没有必要听下面的心脏了。她的嘴张得大大的，嘴角撕裂，好像她在释放储存了很长时间的旺盛精力时噎住了。

我们离出事地点还有一段距离时，我们看到了三四辆汽车和人群。

“撞车了！”汤姆·布坎南说，“太好了。威尔逊总算有生意做了。”

他车子放慢了速度，但仍然没有任何停车的意图，直到我们走近时，车行门口的围观者安静而专注的面孔让他不由自主地将车刹住。

“我们下去看看，”他有点犹豫地说，“只是瞧一眼。”

现在，我意识到车行里不停地传出一个空洞的哀号声，当我们下车，走向门口时，才听到一个声音反反复复、上气不接下气地喊道：“哎呀，我的天啦！”

“这里出大事了。”汤姆·布坎南激动地说。

他踮起脚尖，从一圈人头上方向车行里边望去，车行里的天花板上挂着一盏带铁丝罩的电灯，发出黄色的光。然后，他喉咙里发出刺耳的声音，他有力的手臂猛烈地向前一推挤进人群。

人群又一次合拢了，发出一连串的劝告声；有一两分钟，我啥都没看见。然后新来的人打乱了队伍，乔丹和我突然被推了进去。

默特尔·威尔逊的尸体被一条毯子包裹着，然后又被另一条毯子裹着，好像怕她在炎热的夜晚受凉了似的，尸体停放在墙边的工作台上，汤姆·布坎南背对着我们，弯着腰，一动不动。在他旁边站着一名交警，他汗流浃背地在一本小本子上记下死者的名字，还不停地涂涂改改。起初，我找不到那些在空荡荡的车行回荡的高亢的呻吟声来自何处——然后我看到威尔逊站在他办公室高高的门槛上，来回摇晃，双手抓住门柱。有人低声和他说话，不时试图把手放在他的肩膀上，但威尔逊既听不见，也看不见。他的眼睛慢慢地从那盏摇晃的电灯转向墙边那张停尸的桌子上，然后又猛地回到那盏灯上，同时他不停地发出高亢而可怕的哀号：

“哎哟，我的天……天啊！哎哟，我的天……天啊！哎哟，天……啊！哎哟，天……啊！”

不一会儿，汤姆·布坎南猛地抬起头，用呆滞的目光环视着车行，向警察咕哝了一句语无伦次的话。

“M—a—v—”警察说，“—o—”

“不对，r—”那人纠正道，“M—a—v—r—o—”

“听我说！”汤姆恶狠狠地低声说。

“r—”警察说，“o—”

“g—”

“g—”汤姆的大手猛地落在他的肩膀上时，他抬起头来，“你想干什么，伙计？”

“到底发生了什么？——这是我想知道的。”

“汽车撞到了她。当场死亡。”

“当场撞死。”汤姆·布坎南瞪着眼睛重复道。

“她跑到了路中间。狗娘养的连车都没停。”

“有两辆车，”米切利斯说，“一辆来，一辆去，明白吗？”

“朝哪个方向去了？”警察机警地问道。

“每个方向都有一辆。好吧，她，”——他的手朝毯子举起，但半路上就停了下来，又放回到他的身边——“她跑了出去，一辆从纽约来的车正好迎面撞到了她身上，速度是每小时三四十英里。”

“这个地方叫什么名字？”警察问道。

“没有名字。”

一个面色苍白、穿着讲究的黑人走过来。

“那是一辆黄色的轿车，”他说，“大型的黄色轿车，新的。”

“看到事故发生了吗？”警察问道。

“没有，但那辆轿车在路上从我身边经过，时速不止四十英里，快到了五六十英里。”

“过来，让我们把你的名字记下来。请让开。我要记下他的名字。”

威尔逊在办公室门口晃动着身体，这段对话中一定有几个字传到了他的耳朵里，因为突然在他的哀号声中出现了一个新的内容：

“你不用告诉我那是辆什么车！我知道那是什么样的车子！”

我看着汤姆，看到他肩膀后面的那块肌肉在外套下面紧张起来了。他迅速走向威尔逊，站在他面前，紧紧抓住他的上臂。

“你一定要镇定下来。”他说道，粗暴的声音中略带着安慰。

威尔逊的目光落在汤姆·布坎南身上；他先是一惊，踮着脚尖，要不是汤姆扶着他，他早就瘫倒在地了。

“听着，”汤姆·布坎南说，摇了摇他，“我一分钟前刚从纽约来到这里。我给你带来了我们一直在谈论的小轿车。今天下午我开的那辆黄色轿车不是我的——你听到了吗？后来我整个下午都没看到它。”

只有那个黑人和我离得足够近，可以听到他说的话，但警察察觉到了他的语气，用凶狠的目光看了过来。

“究竟咋回事儿？”他质问道。

“我是他的一位朋友。”汤姆·布坎南转过头来，但双手紧紧抓住威尔逊的身体，“他说他认识那辆肇事车……是一辆黄色的车子。”

警察隐约感觉事有蹊跷，用怀疑的眼光看着汤姆·布坎南。

“你的车是什么颜色的？”

“蓝色的小轿车。”

“我们是直接从纽约来的。”我说。

一个在我们后面一点开车的人证实了这一点，警察转身离开了。

“现在让我再核实一下这个名字……”汤姆·布坎南像拎玩具娃娃一样把威尔逊抱进办公室，放在椅子上，然后自己又回来了。

“过来个人到这里陪他坐着。”他用发号施令的口气说道。他看着站得最近的两个人互相瞥了一眼，不情愿地走进房间。然后汤姆·布坎南在他们身后关上门，走下台阶，眼睛避开桌子。当他从我身边经过时，他低声说：“咱们走吧。”

他不自在地用他那双铁臂开路，穿过仍在聚集的人群，遇到一位匆匆忙忙的医生，手里拿着一个医用药箱，是半小时前人们抱着一线希望去请他来的。

汤姆·布坎南开得很慢，直到我们过了弯道，然后他的脚重重地踩了下去，小轿车在黑夜中一路狂奔。过了一会儿，我听到一声低沉沙哑的抽泣，看到眼泪从他的脸上流了下来。

“该死的懦夫！”他呜咽着说，“连车子都没有停。”

穿过沙沙作响的深色树林后，汤姆·布坎南家的房子突然浮现在我们面前。汤姆·布坎南在门廊旁停了下来，抬头看了看二楼，两扇窗户里的灯光透过外面藤蔓模糊地照射出来。

“黛西到家了。”他说。我们下车时，他瞥了我一眼，微微皱了皱眉头。

“我本该让你在西埃格下车的，尼克。今晚我们无事可做。”

他的态度发生了变化，说话很严肃而果断。当我们穿过月光下的砾石路走到门廊时，他三言两语麻利地处理了眼前的情况。

“我会打电话叫辆出租车送你回家，你等车的时候，你和乔丹最好去厨房，让他们给你做点晚饭吃——如果你想吃的话。”他推开了门，“进来吧。”

“不用了，谢谢。可是要麻烦你帮我叫出租车，我在外面等。”

乔丹把她的手放在我的胳膊上。

“尼克，你不进来吗？”

“不了，谢谢。”

我感觉有点不舒服，我想一个人待着。但乔丹又逗留了一会儿。

“现在才九点半。”她说。

我说什么也不进去了，跟他们待一天了，已经受够了，突然间，那也包括乔丹在内。她一定从我的表情中看出了这一点，因为她突然转身离开，沿着门廊的台阶跑进了房子。我双手抱着头坐了几分钟，直到我听到屋里有人打电话，还听见男管家的声音在叫出租车。然后我沿着车道慢慢地离开房子，打算到大门口去等。

我还没走出二十码，就听到有人叫我的名字，原来盖茨比从两片灌木丛中间出来走到了小路上。当时我一定是神情恍惚了，因为我什么都想不出来，除了他那粉色西装在月光下熠熠生辉。

“你在这里干什么？”我问道。

“我就站在这里，老兄。”

不知怎么的，这似乎是一种卑鄙的行径。我满脑子想的都是没准他一会儿会去打劫这户人家；要是此时此刻我看到躲在他身后黑暗的灌木丛中许多“类似伍尔夫山姆这类货色”的邪恶面孔，我也不会感到惊讶。

“你看见路上出什么事了吗？”过了一会儿，他问道。

“看见了。”

他迟疑了一下。

“她被撞死了吗？”

“是的。”

“我当时就预料到了；我就告诉黛西情况是这样。她一下子震惊了。不过还好她缓过来了。”

他这么说，好像黛西的反应才是他唯一在乎的。

“我从一条小路开车回了西埃格，”他继续说道，“然后把车停在了车库里。我想没有人看到我们，但我当然不能肯定。”

这时我十分厌恶他，所以我觉得没有必要告诉他这样是错误的。

“那个女人是谁？”他问道。

“她叫威尔逊。车行是她丈夫的。这件事情到底是怎么发生的？”

“嗯，我想把方向盘扳过来……”他没说完，我突然猜到了真相。

“黛西在开车吗？”

“是的，”过了一会儿，他说，“但我当然会说是我在开车。你知道，我们离开纽约时，她非常紧张，她认为开车会让她情绪稳定下来，而这个女人就在我们和另一辆车错车的时候冲了出来，迎头撞上了我们的车。前后不到一分钟的工夫，但在我看来，她是想和我们说话，以为我们是她认识的人。黛西首先把车子从那个女人身边转向另一辆车，然后她又惊慌失措地把车转了回去。我的手一碰到方向盘，就感觉到了震动——她一定是当场就被撞死了。”

“撞得很惨……”

“别跟我说这个了，老兄。”他有点害怕了，“不知为啥，黛西拼命踩油门。我试图让她停下来，但她停不下来，所以我只得拉了紧急刹车。这时她的头栽倒在我大腿上，然后我接过来继续往前开。”

“她明天会好起来的，”他马上说，“我只想在这里等着，看他是否会因为今天下午的那场不愉快的争吵而找她的麻烦。她把自己锁在房间里，如果他试图施暴，她就会把灯关掉再打开。”

“他不会碰她，”我说，“他现在想的不是她。”

“我信不过他，老兄。”

“你要等多久？”

“如果有必要的话，可以通宵。至少，等到他们都上床睡觉。”

我突然有个新的想法。假设汤姆·布坎南发现黛西一直在开车，他可能认为两件事之间有关联——他可能对什么事都会起疑心。我看了看房子；楼下有两三扇明亮的窗户，二楼黛西的房间发出粉红色的光芒。

“你在这里等着，”我说，“我去看看是否有吵闹的迹象。”

我沿着草坪的边缘往回走，轻轻地穿过砾石铺就的车道，踮着脚尖走上走廊的台阶。客厅的窗帘拉开了，我看到房间里空无一人。三个月前的那个六月的晚上，我穿过我们用餐的门廊，来到一小片长方形的灯光前，我猜那是餐具室的窗户。百叶窗被拉开了，但我在窗台上找到了一条缝隙。

黛西和汤姆·布坎南对坐在厨房的桌子旁，中间放着一盘冷炸鸡和两瓶啤酒。他隔着桌子聚精会神地和她说话，说得那么热切，他的手已经放在了她的手上面。偶尔，她抬头看着他，点头表示同意。

他俩都闷闷不乐，谁都没有碰过鸡肉和啤酒，但他们也没有不高兴。这是一幅活脱脱的自然亲密的画面，任何人都会说他们是在一起策划阴谋。

当我踮着脚尖走出门廊时，我听到我的出租车沿着黑暗的道路向房子驶来。盖茨比还在车道上我刚才和他分开的地方等待着。

“上面一切都安静吗？”他焦急地问道。

“是的，一切都很安静。”我犹豫了一下，“你最好回家睡觉去吧。”

他摇了摇头。

“我要在这里等到黛西上床睡觉为止。晚安，老兄。”

他把手伸进外套口袋，急切地转过身去仔细观察那座房子，好像我在场破坏了他那神圣的守望。于是我走开了，留下他独自一人站在月光下，空守着。

第 8 章

那天晚上我整夜都睡不着；雾号在海湾边不停地呜呜作响，我在狰狞的现实和可怕的梦境之间辗转反侧。天快亮的时候，我听到一辆出租车向盖茨比的车道驶来，我立刻跳下床，开始穿衣服——我觉得我有话要跟他说，有事要警告他，否则等到天亮就来不及了。

穿过他的草坪，我看到他的前门仍然开着，他靠在大厅的一张桌子上，情绪低落、昏昏欲睡。

“啥也没发生，”他面带倦容地说，“我等到大约四点左右，她来到窗户前，在那里站了一会儿，然后关掉灯。”

那天晚上，当我们穿过那些大房间寻找香烟时，他的房子以前对我来说从未像当时那样宽敞。我们推开帐篷布似的窗帘，沿着毫无尽头的黑暗墙壁瞎摸电灯开关……有一次我扑通一声摔倒在一架幽灵般的钢琴键盘上。到处都是多得一塌糊涂的灰尘，所有的房间里都弥漫着发霉的气味，好像有好多天没有通过风似的。我在一张不熟悉的桌子上发现了雪茄烟盒，里面有两根不新鲜的、干瘪的纸烟。我们推开客厅的落地窗，坐在那里，对着外边的黑夜抽烟。

“你应该离开，”我说，“他们肯定会追查你的车子。”

“现在就走吗，老兄？”

“去大西洋城待一周，或者去北边的蒙特利尔。”

他不会考虑这样做。他不可能离开黛西，除非他知道黛西打算怎么做。他紧紧抓住最后一线希望，我也不忍心让他放手。

就在这个晚上，他告诉了我他和丹·科迪年轻时的离奇故事，因为“杰伊·盖茨比”像玻璃一样与汤姆·布坎南顽固不化的恶意相撞，碎了一地，这场漫长的秘密表演结束了。我想他现在会毫无保留地承认任何事情，但他只想谈黛西。

她是他认识的第一个“好”女孩。他曾以各种未透露的身份接触过这样的人，但中间总是隔着看不见的铁丝网。他为她神魂颠倒。他先是和泰勒营的其他军官一起去了她家，然后单独前往。她的家让他很惊讶——他以前从未住过这么漂亮的房子。但她家有一种扣人心弦的强烈氛围是因为黛西住在那里——这房子对黛西来说就像军营里的帐篷对盖茨比一样平淡无奇。这房子里充满了让人销魂夺魄的神秘气氛，暗示楼上的卧室比其他卧室更美丽、更凉爽，走廊里到处都有赏心乐事，以及许多风流艳史，没有霉臭味，飘荡着薰衣草的香气，让人联想到今年闪闪发光的汽车和鲜花还没枯萎的舞会。这也让他很兴奋，因为很多男人曾经都爱过黛西，这在盖茨比眼中增加了黛西的身价。他感觉到他们存在于她家里的每个角落，空气中弥漫着他们的身影，以及充满了活力四射的情感的回音。

但是，他知道自己之所以能出入黛西的家里纯属偶然。无论他杰伊·盖茨比将来会有多么飞黄腾达，他当时只不过是一个无名小卒、身无分文的年轻人，任何时候他的制服——这件隐形的外衣随时都可能从他肩上滑落下来。所以他充分利用了自己的时间。贪婪、无耻地占有了他能得到的东西，最终在一个寂静的十月的晚上，他占有了黛西，占有她是因为他根本没有资格触碰她的手。

他可能会鄙视自己，因为他的确是用欺骗的手段把她占有的。我的意思并不是说他利用自己虚幻的数百万美元进行了交易，但他故意给黛西造成一种安全感；他让她相信，他是一个和她阶层差不多的人……他完全有能力照顾她。事实上，他没有这样的能力——他没有生活优越的家庭作为后盾，他随时有可能被冷漠的政府派往世界各地。

但他并没有鄙视自己，事情也没有像他想象的那样发展。他可能原本只想逢场作戏，然后拍拍屁股一走了之，但现在他发现，他已经致力于自己梦寐以求的东西。他知道黛西是与众不同的，但他没有意识到一个“好”姑娘究竟有多么的与众不同。她回到她豪华的房子里，回到她丰富而充实的生活中，突然消失了，没有给盖茨比留下任何东西。他觉得自己和她结婚了，仅此而已。

两天后，当他们再次见面时，气氛显得令人窒息，不知为何，感觉上当受骗的是盖茨比。她的门廊沐浴在闪烁的星光里；她转过身来，他亲吻她那美妙、可爱的双唇时，柳条制成的时髦长靠椅发出咯吱咯吱的声音。她感冒了，这让她的声音比以往任何时候都更沙哑、更迷人。盖茨比深刻地意识到财富可以如何禁锢和保存青春和神秘，意识到衣服怎样使人容光焕发，意识到黛西如同白银闪闪发光，安然高踞在穷苦人民为生存而激烈的斗争之上。

“老兄，我无法向你形容我发现我爱上她时的感觉有多么令人惊讶。我甚至一度希望她把我抛弃，但她没有，因为她也爱上了我。她认为我知道的东西很多，因为我和她知道的东西不一样……哎，我就那样，把雄心壮志抛之脑后，时刻沉浸在浓浓的爱意中，深陷情网，越陷越深，不能自拔，突然间我一切都不在乎了，如果我能告诉她我打算做什么又能从中获得更多的快乐，又何必去做什么惊天动地的大事呢？”

在他出国前的最后一个下午，他搂着黛西静静地坐了很长时间。那是一个寒冷的秋日，房间里生了火，她的脸颊烤得通红。她时不时地动一动，他稍微换了一下胳膊，有一次他还吻了她乌黑发亮的头发。下午已经让他们平静了一段时间，仿佛要给他们留下一个深刻的记忆，为第二天他们即将开始的漫长分别做好准备。在他们的爱情岁月里，从未像现在这样亲密，她用那无言的双唇轻轻拂过他上衣的肩头，或者他温柔地触碰她的指尖，仿佛她在睡梦中，也从未像现在这样缠绵地互诉衷肠。

他在战争中表现得非常出色。在上前线之前，他是一名上尉，在阿贡战役之后，他晋升为少校，负责指挥师机枪连。停战后，他急得发疯似的要求回国，但由于当时情况复杂或由于一些误解，他却被送到了牛津。他现在很担心——因为黛西的来信中流露出一种极度的绝望情绪。她不明白他为什么不能回国。她感受到了外界的压力，因此她需要见他，需要感受到他在她身边，告诉她所做的是正确的。

因为黛西很年轻，她的世界满是兰花的芬芳、令人心花怒放的追捧和管弦乐队的气息，这些都奠定了当年的基调，用新的曲调诠释了人生的忧闷和温情。整晚，萨克斯管哀号着《比尔街蓝调乐》绝望的悲鸣，与此同时，一百双金银色的舞鞋扬起闪亮的灰尘。每天的晚茶时分，总有一些房间因这种低沉又甜蜜的狂热乐曲而不停地颤动，一些新鲜的面孔飘来飘去，像玫瑰花瓣一样被忧伤的喇叭吹落在舞池里。

在这个朦胧的世界中，随着社交旺季的到来，黛西又开始活跃起来；突然间，她又开始每天和五六个男人安排五六次约会，黎明时分，才疲惫不堪地入睡，雪纺绸晚礼服上的珠子和凋零的兰花缠在一起，丢在床边的地板上。在此期间，她内心深处都迫切需要做出一个决定。她现在就要解决自己的终身大事，事不宜迟，而且这个决定必须通过近在咫尺的某种力量来达成——爱情、金钱、实用的东西。

春天刚过去一半的时候，随着汤姆·布坎南的出现，这种力量的雏形开始形成。他的长相和身份都恰到好处，因此黛西觉得他正合她意。毫无疑问，她的内心肯定做过一番挣扎，后来也就如释重负了。盖茨比收到这封信时还在牛津。

此时的长岛已是黎明时分，我们打开楼下剩下的窗户，屋子起初充满了灰白的光线，逐渐变成了金黄色。一棵树的影子突然倒映在露珠上，幽灵般的鸟儿开始在蓝色的树叶中鸣叫。空气在缓慢、欢快地移动，基本上没有风，预示着凉爽宜人的一天开始了。

“我想她从来没有爱过他。”盖茨比从一扇窗户边转过身来，用充满挑战的眼神看着我，“你一定得记住，老兄，她今天下午特别紧张。他给她讲那些话的样子把她吓住了，她说我是个虚伪的骗子。结果她几乎不知道自己在说什么。”

他闷闷不乐地坐了下来。

“当然，他们刚结婚那会儿，她可能爱过他一阵子，甚至胜过当时对我的爱，你明白吗？”

突然，他冒出这么一句稀奇古怪的话。

“总归，”他说，“这只是个人的私事。”

你怎么理解盖茨比的这句话，除了猜想他对这件事的看法中有一些难以估量的强烈情感？

他从法国回来时，汤姆·布坎南和黛西还在结婚旅行中，他用最后一笔军饷去了路易斯维尔，这是一次痛苦但又不由自主的旅程。他在那里待了一个星期，足迹遍布了他们曾经在11月的夜晚并肩漫步的街道，重游那些他们曾经开着黛西的白色汽车去过的偏僻的地方。正如黛西家的房子在他看来总是比其他人家的房子更神秘、更充满欢乐一样，即使黛西已经离开了这座城市，但在他看来还是充满着一种令人伤感的美。

他离开路易斯维尔的时候心里想，如果他更努力地寻找，他也许可以找到她——现在他却要留下她，自己走了。那天，车厢里很热，他身无分文。他穿过空旷的过道，在一把折叠椅上坐了下来，火车站渐渐抛在身后，经过一排排陌生的建筑。然后，驶入了春天的田野，在那里，一辆黄色的电车和火车并排飞驰了一会儿工夫，电车上的人可能曾经在街上无意间看到过她那张迷人的脸庞。

铁轨拐了一道弯，现在它与太阳背道而驰，渐行渐远，日薄西山的太阳似乎将祝福的阳光播撒在这个慢慢模糊的、她曾经生活过的城市。他拼命地伸出手，仿佛只想抓一缕空气，保留这个地方的一个片段，这一切曾因她的存在而无限美好。但是在他的泪眼蒙眬中，眼前的一切都很快地逝去了，他知道自己已经失去了其中的一部分，而且永远失去了最新鲜、最美好的那部分。

我们吃完早餐走到门廊时已经九点了。夜晚与白天的天气大不一样，空气中弥漫着秋天的气息。那位园丁——盖茨比以前的仆人中的最后一位——来到台阶前。

“盖茨比先生，我今天要把池子里的水抽干。因为树叶很快就会开始飘落，然后水管总是会堵塞。”

“今天不要抽，”盖茨比回答。他带有歉意地转向我。“你知道吗，老兄，我整个夏天都没用过那个游泳池？”

我看了看手表，然后站了起来。

“离我那班车还有 12 分钟。”

我不想进城去。也没心情做一点像样的工作，可是不仅如此——我不想离开盖茨比。我错过了那班车，又错过了另一班，然后才勉强离开。

“我会给你打电话的。”我最后说。

“行，老兄。”

“我中午左右给你打电话。”

我们慢慢地走下台阶。

“我想黛西也会打电话来的。”他焦急地看着我，好像希望我能证实这一点。

“我想是的。”

“好吧，再见。”

我们握了握手，然后我动身走了。我还没走到篱笆前，我想起了一些事，又转身回去。

“他们是一群烂人，”我隔着草坪喊道，“所有这些该死的家伙加起来都不如你。”

后来我一直很高兴我说了这句话。这是我对他的唯一赞美，因为我从头到尾都不赞成他的。他起先礼貌地点了点头，然后他的脸上露出了灿烂而宽容的微笑，就好像我们在这件事上早就进行过疯狂的勾结。他那套华丽的粉红色西装衬托在白色的台阶上构成了一片明亮的色彩，于是我想起了三个月前的那个晚上我第一次来到他那古色古香的别墅时的情景。草坪和车道上挤满了那些猜测他腐败的人们的面孔——他站在台阶上，掩饰着他那不易腐蚀的梦，向他们挥手告别。

我感谢他的盛情款待。我们一直在为此感谢他——我和其他人。

“再见，”我喊道，“我喜欢你提供的早餐，盖茨比。”

进了城，我勉强抄写了一会儿不计其数的股票报价，然后在旋转椅上睡着了。就在中午前，电话吵醒了我，我吓得额头冒汗。是乔丹·贝克，她经常在这个时候给我打电话，因为她往返于酒店、俱乐部和私人住宅之间，行踪不定，我很难用其他的办法找到她。通常，在电话里她的声音总是那么清凉悦耳，就好像一块绿色高尔夫球场的草皮从办公室窗户飘了进来，但今天早上似乎又刺耳又干涩。

“我已经离开了黛西的房子，”她说，“我在亨普斯特德，今天下午我要去南安普顿。”

她离开黛西的家可能是得体的，但她的做法却惹恼了我，她的下一句话让我更生气。

“你昨晚对我不太好。”

“在当时那种情况下，那个重要吗？”

沉默了一会儿。然后：

“无论如何，我要见你。”

“我也想见你。”

“那我不去南安普顿，今天下午进城，如何？”

“不好，我觉得今天下午不行。”

“随你便吧。”

“今天下午不可能。无论如何……”

我们这样聊了一会儿，然后突然就不再说话了。我不知道我们中的哪一个突然挂断了电话，但我知道我毫不在乎。如果在这个世界上我永远再也不和她说话，那么那天我就不可能和她在茶桌上面对面聊天。

几分钟后，我给盖茨比家打去电话，但电话占线。我试了四次；最后，一位生气的接线员告诉我，这条线路在专等底特律的一个长途电话。我拿出火车时间表，在三点五十分的那班车上画了一个小圈。然后我往椅子上一靠，想整理一下思绪。当时正是中午。

那天早上，我乘火车经过灰烬堆时，故意走到车厢的另一边。我想，那里整天都会有一群好奇的人在围观，小男孩们在尘土中寻找黑色的血迹，还有一个一个絮絮叨叨的人翻来覆去地地讲述发生的事情，一直说到自己都觉得越来越不真实，连他自己都讲不下去为止，默特尔·威尔逊的悲惨结局被遗忘了。现在我想回过头去谈谈前一天晚上我们离开车行后，车行里发生了什么。

他们很难找到妹妹凯瑟琳。那天晚上，她一定破了自己不喝酒的规矩，因为当她到达时，她喝得酩酊大醉，无法理解救护车已经去了法拉盛。等大家使她明白这一点，她立刻晕过去了，好像这是这件事中最无法忍受的部分。有个人，要么是善良要么是好奇，让她上了他的车，跟在她姐姐的尸体后一路开过去。

直到午夜过后很久，还有川流不息的人围在车行前面，而乔治·威尔逊则在里面的沙发上来回摇晃。一开始，办公室的门是开着的，每个路过车行的人都忍不住往里瞥一眼。后来有人说这样太不像话了，于是就把门关上了。米切利斯和另外几个人轮流陪着乔治·威尔逊；先是四五个人，后来是两三个人。再后来，米切利斯不得不让最后一个陌生人在那里再等十五分钟，让他回自己的饭店煮一壶咖啡。在那之后，他独自一人待在那儿陪着威尔逊直到天亮。

大约三点左右，威尔逊语无伦次的喃喃自语发生了质变——他变得更安静了，开始谈论那辆黄色的轿车。他宣布，他有办法找到这辆黄色轿车的主人，然后他脱口而出，几个月前，他妻子从城里回来时鼻青脸肿。

但当他听到自己说出这事的时候，他退缩了，又开始哭哭啼啼地叫喊："哎，我的天啦！"米切利斯笨嘴笨舌地试图分散他的注意力。

"乔治，你结婚多久了？算啦。消停坐一会儿，回答我的问题。你结婚多久了？"

"十二年。"

"生过孩子吗？得啦，乔治，坐着不动——我问了你一个问题。你生过孩子吗？"

坚硬的棕色甲虫不停地往昏暗的电灯上撞击，每当米切利斯听到外边马路上一辆汽车疾驰而过，他总觉得听上去就像是几小时前没停的那辆车。他不喜欢走进车行，因为停过尸体的工作台上有血迹，所以他在办公室里走动总感觉浑身不自在——天亮之前他就已经熟悉里面的每一样东西——不时地坐在威尔逊身边，试图让他安静一点。

"乔治，你有时会去教堂吗？也许你很长时间没有去那里了吧？也许我可以打电话给教堂，请一位牧师过来，他可以和你谈谈，成吗？”

“我不属于任何教堂。”

“乔治，你应该有一个教堂，像这种时候它就可以派上用场了。你以前一定做过礼拜的。难道你不是在教堂结婚的吗？听着，乔治，听我说。难道你不是在教堂里结婚的吗？”

“那是很久以前的事了。”

回答问题的努力打乱了他摇摆的节奏——他安静了一会儿。然后，他那空洞无神的眼睛里又浮现出和原来一样的半清醒半迷糊的表情。

“打开那个抽屉看看。”他指着书桌说道。

“哪个抽屉？”

“那个抽屉——那个。”

米切利斯打开离他手最近的抽屉，里面什么也没有，只有一条小小的，可价格不菲的狗绳，是用皮革和银缏制成的。这显然是新的。

“这个？”他举起狗绳问道。

威尔逊瞪着眼睛点了点头。

“我昨天下午发现的。她想法子向我说明这东西的来由，但我知道这事儿很蹊跷。”

“你意思是说它是你妻子买的？”

“她用薄纸把它包起来放在自己的五斗橱上。”

米切利斯没有发现任何奇怪之处，他给了威尔逊十几个理由，解释为什么他的妻子可能会买狗绳。但可以想象，威尔逊以前也从默特尔那里听到过一些类似的解释，因为他又开始低声说道“哦，我的天啦！”——他的安慰者还有几个理由没有说出口就噎了回去。

“然后他杀了她。”威尔逊说。他的嘴突然张大了。

“是谁干的？”

“我有办法找到答案。”

“你又犯病了，乔治，”他的朋友说，“这件事让你很紧张，你都不知道自己在说什么。你最好还是消停地坐到天亮吧。”

“他谋杀了她。”

“那是一场意外，乔治。”

威尔逊摇了摇头。他把眼睛眯成一条缝，嘴巴微微张开，不以为然地轻轻“哼”了一声。

“我知道，”他肯定地说，“我是那种信任别人的人，我从来不怀疑任何人会伤害别人，但是我已经弄明白这件事了，我心里有数。是那辆车里的那个男人。她跑出来想和他说话，但是他不肯停车。”

米切利斯也看到了这一点，但他没有想到这其中有任何特殊的意义。他认为威尔逊夫人是在逃离她的丈夫，而不是试图拦住某一辆车。

“她怎么可能会那样？”

“她是一个很有城府的人。”威尔逊说，好像这样就找到了问题答案。“啊—啊—啊！”

他又开始摇晃起来，米切利斯站在那里，扭着他手里的狗绳子。

“也许你有什么朋友我可以打电话请来给你帮帮忙吧，乔治？”

这个希望很渺茫……他几乎可以肯定威尔逊没有朋友：他连个老婆都照顾不了。过了一会儿，他很高兴地注意到房间里发生了变化，窗外渐渐泛蓝，他知道天快亮了。大约五点左右，外面的天更蓝，屋里的灯可以关掉了。

威尔逊呆滞的眼睛转向灰烬堆，那里的灰色小云朵呈现出奇妙的形状，在黎明的微风中飞来飞去。

“我和她谈过了，”沉默了很长时间后，他喃喃自语，“我告诉她，她可以骗我，但她骗不了老天爷。我把她带到窗户前”——他费力地站起来，走到后窗前，脸紧贴着后窗——“我说，老天知道你做了什么，你所做的一切。你可以骗我，但是你骗不了老天爷！”

米切利斯站在他身后，吃惊地看到他正瞅着 T.J· 埃克伯格博士的眼睛，那只眼睛刚刚从消散的夜幕中显现出来，黯淡无光而又硕大无比。

“老天看到了一切。”威尔逊重复说道。

“那是一幅广告。”米切利斯向他保证。有什么东西让他转身离开窗户，回头朝房间看去。但威尔逊在那里站了很长一段时间，他的脸紧贴着窗格，朝着曙光不住地点头。

到了六点，米切利斯已经筋疲力尽，所以听到有一辆车子在外边停下来的声音十分感激。来的是昨天晚上帮忙的一个守夜者，答应过要回来，所以他做了三个人的早餐，他和那个人一起吃。威尔逊现在比较安静了，米切里斯就回家睡觉了；四个小时后，当他醒来并匆匆回到车行时，威尔逊已经不见了。

他的行踪——他一直步行——后来被查明是先到罗斯福港，然后到盖德山，在那里他买了一个三明治和一杯咖啡，但没有吃。他一定很累，走得很慢，因为他直到中午才到达盖德山。到目前为止，为他的时间做出解释并不难——有些男孩看到过一个“疯疯癫癫”的男人，还有一些开车的人记得，他从路边用奇怪的眼神盯着他们。然后，他从人们的视野中消失了三个小时。警方根据他对米切利斯说的话，说他“有办法查出来”，猜想他利用那段时间，在那一带走访各家车行，打听一辆黄色的汽车的下落。另一方面，没有一个见过他的车行里的人站出来说话，也许他有一个更容易、更可靠的方法来了解他想知道的事情。到下午两点半时，他到了西埃格，在那里他向人打听去盖茨比家的路。所以那时他已经知道盖茨比的名字了。

下午两点钟，盖茨比穿上泳衣，交代男管家，如果有人打电话来，就到游泳池来传话。他去汽车库取了一张夏天供客人们娱乐用的充气垫子，司机帮他打气。然后，他吩咐在任何情况下都不许把这辆敞篷车开出去——这很奇怪，因为右前挡泥板需要修理。

盖茨比扛着充气垫子，向游泳池走去。有一次他停下来，把床垫挪动了一下，司机问他是否需要帮助，但他摇了摇头，一会儿就消失在叶子正在变黄的树林中。

始终没有人打电话来，但男管家连午觉都没睡，一直等到四点钟，到那时，即使有电话来也没人接了。我有一个想法，盖茨比自己并不相信会有电话来，而且也许他已经不在乎了。如果这是真的，他一定觉得自己失去了过去那个温暖的世界，长时间为了一个梦想活着，付出了高昂的代价。他一定是抬头透过可怕的树叶看着一片陌生的天空而感到不寒而栗，与此同时他发现玫瑰是一种多么荒唐的东西，阳光照射在刚刚冒头的小草上又是多么残酷。这里是一个物质的、虚幻的新世界，在这里，一群可怜的鬼魂，呼吸着像游丝一样的梦境，四处游荡……就像那个灰白、古怪的身影穿过杂乱的树林悄悄地向他走来。

汽车司机——是伍尔夫山姆的一个门生——听到了枪声，之后他只能说他当时没有引起重视。我从车站直接开车去了盖茨比家，等我焦急地冲上前门的台阶时，第一感觉可能是出事了。但我坚信，他们当时肯定也已经知道了。我们四个人，司机、男管家、园丁和我，一言不发，匆匆忙忙地跑向游泳池。

清水从游泳池的一端放进来，又匆忙地流向另一端的排水管，水面泛起一圈圈轻微的、几乎无法察觉的涟漪。随着水微微的波动，那只负重的橡皮垫子在水池中随意漂着。一阵微风吹来，虽然不能吹皱水面，但却足以打乱它因偶然承载负重的不经意的航向。一簇落叶使它慢慢旋转，像陀螺一样，在水面上画出一个细细的红圈。

就在我们抬着盖茨比朝房子走去之后，园丁在不远处的草地上看到了威尔逊的尸体，于是这场血腥的屠杀结束了。

第 9 章

这件事已经过去两年了，我只记得当时那天剩下的时间，那天晚上和第二天，警察、摄影师和报社记者在盖茨比的前门进进出出，络绎不绝。外面的大门口有一根绳子拦住，旁边站着一名警察不让看热闹的人进去，但小男孩们很快发现他们可以从我家的院子里进去，总有几个孩子目瞪口呆地聚集在游泳池周围。那天下午，一个神态积极的人，也许是一名侦探，在俯身看着威尔逊的尸体时，用了“疯子”这个词，他声音中的偶然权威为第二天早上的报纸报道定下了基调。

这些报道大多数都是一场噩梦——荒诞不经、无中生有、煞有介事和胡编乱造。当米切利斯在审讯中的证词揭露了威尔逊对妻子的怀疑时，我以为整个故事很快就会被渲染成尖锐的讽刺——凯瑟琳本来可以信口开河的，但她一句话也没说，而且她在这件事上也表现出了惊人的魄力——她那描画过的眉毛下两只坚定的眼睛紧紧地盯着验尸官，发誓说她的姐姐从未见过盖茨比，说她的姐姐对她的丈夫很满意，说她的姐姐没有不端行为。她说得自己都信以为真了，哭得像个泪人一样，就好像这样的质疑都是她不能忍受的。这样，威尔逊就被归结为一个“因悲痛欲绝而精神错乱”的人，以便使案情一目了然。这起案子就这样结案了。

但事情的这个方面似乎完全偏离了问题的关键，没抓住要害。我发现自己站在盖茨比一边，而且只有我独自一人。从我打电话到西埃格镇报告惨案的那一刻起，关于他的每一个猜测和每一个实际问题都牵扯到我。起初，我感到惊讶和困惑；然后，他躺在家里一动不动、不呼吸、不说话时，我才逐渐意识到我要负起责任来，因为除了我没有其他人感兴趣，我的意思是，每个人死后或多或少都有权利得到别人对他的强烈的关心。

在我们找到他的尸体半小时后，我给黛西打了电话，本能地、毫不犹豫地给她打了电话。但她和汤姆·布坎南当天下午很早就走了，并随身带了行李。

“没有留下地址吗？”

“没有。”

“说他们什么时候回来了吗？”

“没有。”

“知道他们到哪里去了吗？我怎么才能和他们取得联系？”

“我不知道。也没啥可说的。”

我想为他找个人。我想走进他躺着的房间，让他放心：“我会为你找人的，盖茨比。别担心。只要相信我，我会给你找人……”

迈尔·伍尔夫山姆的名字不在电话簿上。男管家给了我他在百老汇的办公室地址，我又打电话给问询处，但等我弄到电话号码时，已经是下午五点多了，没有人接电话。

“你再摇一下好吗？”

“我已经摇过三次了。”

“我有急事。”

“对不起。恐怕那里没有人。”

我回到客厅，屋子里边突然挤满了官方的人员，起初我以为是一些不速之客。但是，当他们掀开被单，用冷漠的目光看着盖茨比时，他的抗议仍在我的脑海中继续回响：

“喂，老兄，你必须得为我找个人来。你一定得想想法子。我一个人可受不了这罪呀。”

有人开始问我问题，但我脱身跑上楼去，匆匆翻了一下他书桌上没上锁的抽屉——他从来没有明确告诉我他的父母已经去世了。但是什么都没找到——只有丹·科迪的照片，那些被遗忘的粗暴生活的象征，从墙上向下凝望着。

第二天早上，我派男管家去纽约，给伍尔夫山姆送去一封信，这封信是想打听一些信息，同时恳请他坐下一班火车赶来。我在写这封信的时候，就似乎感觉是多此一举。我相信他一看到报纸就会出发，就像我相信黛西在中午之前会发来电报一样，可是没收到电报，伍尔夫山姆先生也没到；除了越来越多的警察、摄影师和报社记者，没有其他人来。当男管家带回伍尔夫山姆的回信时，我开始有一种蔑视的感觉，感觉盖茨比和我可以团结一致横眉冷对他们所有人。

亲爱的卡拉威先生：这个消息让我感到万分震惊。我简直不敢相信这是真的。那个人如此疯狂的行为应该让我们大家深思。我现在不能前来，因为我正忙于一些非常重要的事情，现在不能卷入这件事情。过些时日，如需我的帮助，请派埃德加送信告知于我。当我听到这样的事情时，我几乎不知道自己身在何处，我完全感到天塌地陷了。

您的忠实的

迈尔· 伍尔夫山姆

然后在下面匆匆附上一句：关于葬礼的安排事宜烦请告知。我不认识他的家人，实难相告。

那天下午，当电话铃响起，长途话务员说芝加哥有电话打来，我想这终于应该是黛西了。但接通后是一个男人的声音，声音很小很远。

“我是斯莱格尔……”

“是吗？”这个名字不太熟悉。

“那封信估计够呛，是吧？收到我的电报了吗？”

“什么电报都没有啊。”

“小派克有麻烦了，”他说得很快，“他在柜台递债券时被逮住了，他们五分钟前刚刚接到纽约的通知，加上了号码。嘿，这事儿你能想到吗？在这穷乡僻壤根本没法料到……”

“喂！喂！”我气喘吁吁地打断了他的话，“你听着，我不是盖茨比先生。盖茨比先生死了。”

电话的另一端沉默了许久，接着是一声惊叹……然后咔嗒一声就挂断了。

我想是在第三天，一封署名为亨利·C·盖茨的电报从明尼苏达州的一个小镇寄来。电报内容只说发报人将立即动身，且要求将葬礼推迟到他来之后举行。

这是盖茨比的父亲，一个严肃的老人，可怜又沮丧，在这样暖和的九月天就裹上了一件廉价的乌尔斯特大衣。他激动得眼泪不住地往下流，当我从他手中接过旅行包和雨伞时，他开始不停地拉扯他那稀疏的灰白胡子，于是我吃力地脱下他的外套。他人快要崩溃了，所以我把他带到音乐室，让他坐下来，同时我叫人给他弄点吃的来。但他不肯吃东西，那杯牛奶从他颤抖的手上洒了出来。

“我在芝加哥的报纸上看到了，”他说，“芝加哥的报纸都刊登出来了。我马上就动身了。”

“我不知道怎么才能和你取得联系。”他的眼睛空洞茫然，眼珠不停地转动，打量着房间里的一切。

“那是个疯子，”他说，“他一定是疯了。”

“你要不要喝点咖啡？”我劝他。

“我什么都不想要。我现在很好，您是……”

“我叫尼克·卡拉威。”

“哦，我现在好了。他们把吉米放在哪里了？”

我把他领到客厅里他儿子停放的地方，然后把他留在那儿。几个小男孩爬上台阶，向大厅张望；当我告诉他们这位老人的身份时，他们才勉勉强强地走开了。

过了一会儿，盖茨先生打开门走了出来，嘴巴半张着，脸微微泛红，眼睛里不时流出几滴泪水。他已经到了不惧怕死亡的年纪，此时他第一次环顾四周，看到大厅富丽堂皇，一间间大屋子从大厅又通向了其他屋子，他的悲伤开始和一种既惊讶又自豪的感情交织在一起。我把他扶到楼上的一间卧室；当他脱下外套和背心时，我告诉他一切安排都推迟到他来之后了。

“我当时不知道你有什么要求，盖茨比先生……”

“我的姓氏叫盖兹。”

“……盖兹先生。我想您可能要把你儿子的遗体带回西部。”

他摇了摇头。

“吉米一直喜欢东部。他是在东部飞黄腾达的。你是我儿子的朋友吗，先生？”

“我们是知己。”

“他是有远大前程的，你知道，他只是还年轻，但他在这里发挥了他的聪明才智。”

他用手碰了碰自己的头，动作让人印象深刻，我点了点头。

“如果他活着的话，他一定是个了不起的人。像詹姆斯·J·希尔[①]那样的人。他会帮助建设这个国家。”

---

① 加拿大裔美国铁路建筑家，金融家。

“您说的没错。”我有点不自在地说。

他笨手笨脚地拉扯着刺绣的床罩，想把它从床上拉下来，然后动作僵硬地躺了下去——很快便睡着了。

那天晚上，一个明显害怕的家伙打来电话，要求我说出名字后才肯说出他是谁。

“我叫尼克·卡拉威。”我说。

“哦！”他听上去像是松了一口气，“我是克利普斯普林格。”我也松了一口气，因为这样一来就意味着盖茨比的坟前会多一个朋友。我不想出现在报纸上，引来一大堆看热闹的人，所以我才自己打电话通知了几个人。他们很难联系到。

“葬礼定在明天，”我说，“下午三点钟，就在此地家里。我希望你能转告愿意参加的人。”

“哦，我会的，”他匆匆忙忙地说道，“当然我不太可能见到什么人，但如果我见到的话，我会转告的。”

他的语气使我产生怀疑。

“你自己当然是要来的。”

“嗯，我一定尽力。我打电话来是想打听……”

“等一下，”我打断了他的话，“先说说你一定会来怎么样？”

“好吧，事实是……实际情况是这样，我现在待在格林尼治这里的朋友家中，他们更希望我明天和他们一起玩。事实上，明天要去野餐什么的。当然我走得开一定会来。”

我突然忍不住喊了一声“嘿！”，他一定听到了，因为他紧张地继续说道：

“我打电话是为了我留在那里的一双鞋子。不知道能不能麻烦让男管家给我寄来，你知道，是网球鞋，没有它们我简直没办法。我的地址是 B.F.……”

我没有听到这个地址的其余部分我就把电话听筒挂上了。

在那之后，我为盖茨比感到有些羞愧，我给一位先生打过去电话，他竟然表示盖茨比死是活该。然而，这是我的过失，因为他就是当初喝了盖茨比的酒就大骂盖茨比的客人中的一个，我本来就不应该给他打电话的。

葬礼那天早上，我去了纽约找迈尔·伍尔夫山姆；我似乎无法通过其他方式联系到他。在电梯工的指点下，我推开一扇门，门上写着“卍字控股公司”，起初里面似乎没有人。但当我大声喊了几声“有人吗”也没人应答之后，一个隔板后面突然传来争执的声音，不一会儿，一个长相秀丽的犹太女人出现在里面的一个门口，用充满敌意的黑眼睛仔细打量着我。

“里面没人，”她说，“伍尔夫山姆先生去芝加哥了。”

前一句话显然是撒谎，因为有人开始在里面用口哨吹奏着蹩脚的《玫瑰经》。

“麻烦通报一声，说卡拉威先生想见他。”

“我总不能把他从芝加哥叫回来，对吧？”

这时，一个声音从门的另一边传来，显然是伍尔夫山姆的声音，在叫“斯特拉！”

“把你的名字留在桌子上，”她很快说道，“等他回来我告诉他。”

“可是我知道他就在里边。”

她向我走近了一步，开始愤怒地将双手在臀部上下滑动。

“你们这些年轻人是不是认为你们可以随时强行进入这里，”她斥责道，“我们都烦透了。我说他在芝加哥，他就在芝加哥。”

我提了一下盖茨比这个名字。

“啊……啊！”她又打量了我一下。“请您……你叫什么名字来着？”

她立马进里屋去了。不一会儿，迈尔·伍尔夫山姆庄重地站在门口，伸出双手。他把我拉到他的办公室，用虔诚的口气说这种时候我们大家都很难过，同时递给我一支雪茄。

“我的记忆可以追溯到我第一次见到他的时候，”他说，“一位年轻的少校刚刚退伍，身上挂满了他在战争中获得的勋章。他太穷了，因为买不起便装，所以只好继续穿军装。我第一次见到他是在他来到四十三街怀恩勃兰纳开的台球房找工作的时候。他已经好几天没吃东西了。‘来和我一起吃午饭吧，’我说。不到半个钟头他就吃了价值超过四美元的饭菜。”

“是你帮他做起生意来的吗？”我问道。

“帮他！是我一手成就了他。”

“哦。”

“是我使他从无到有，脱贫致富的。我看他这个年轻人一表人才、很有绅士风度，当他告诉我他上过牛津大学时，我立马知道可以把他派上大用场。我让他加入美国退伍军人协会，他曾经在那里声望很高。他跑到奥尔巴尼为我的一个客户办妥了一件事。在任何事情上我们的关系都很铁。”他举起两个肥胖的指头，表示“永远在一起”。

我想知道这种伙伴关系是否包括 1919 年的世界棒球联赛那笔交易在内。

“现在他死了，”过了一会儿我说，“你是他最亲密的朋友，所以我知道你今天下午一定会来参加他的葬礼。”

“我想来。”

“好吧，那就来吧。”

鼻孔里的鼻毛微微颤动，他摇了摇头，眼里满是泪水。

“我不能来——我不能牵连进去。”他说。

“没有什么可牵连的。现在一切都结束了。”

“但凡有人被杀，我都不想受任何牵连。我置身事外。我年轻时就与众不同——如果我的一个朋友死了，不管是怎样死的，我总是帮人帮到底。你可能会认为这是感情用事，但我是说话算数的——好人做到底。”

我看得出来，出于他自己的某种原因，他决意不来，所以我站了起来。

“你是大学毕业吗？”他突然问道。

有一会儿，我以为他要和我搞点什么“关系”，可是他只是点了点头和我握了握手。

“咱们大家应该学会在朋友活着的时候讲交情，而不是在他死后”，他表示说，“在人死以后，我自己的原则就是什么都不要管。”

当我离开他的办公室时，天色已晚，我在蒙蒙细雨中回到了西埃格。换完衣服后，我走到隔壁，发现盖兹先生兴奋地在大厅里走来走去。他对儿子和儿子财产的自豪感不断增加，现在他有样东西要给我看。

“这是吉米以前寄给我的这张照片。”他手指颤抖着掏出钱包，“你看。”

这是这幢别墅的照片，照片的四角破裂，被很多人弄脏了。他急切地把每个细节都指给我看。“看那里！”然后希望从我的眼睛里获得赞赏。他经常把这张照片给人看，我认为现在对他来说，这张照片要比房子本身更真实。

“吉米把它寄给我了。我觉得这是一张非常漂亮的照片。照得很好。”

“很好。你最近见过他吗？”

“两年前，他回老家看我，给我买了现在住的房子。当然，他离开的时候，我们闹僵了，但我现在明白了，他当时这么做是有原因的。他知道自己有一个远大的前程。自从他发达之后，他对我非常大方。”他似乎不愿意把照片收起来，依依不舍地在我面前又举了一会儿。然后，他把钱包放了回去，从口袋里又掏出一本破烂的旧书，名叫《帕龙赫·卡西迪》。

“你瞧瞧，这是他小时候看的一本书。它能说明一切。”

他翻开书的封底，掉转过来给我看。封底前边的那张空白页上工整地写着“时间表”几个字，日期是 1906 年 9 月 12 日。内容如下：

起床	早上 6:00
做哑铃操和爬墙	6:15—6:30
学习电学等	7:15—8:15
工作	8:30—下午 4:30
棒球和其他运动	下午 4:30—5:00
练习演说、仪态	5:00—6:00
研究有用的发明	7:00—9:00

个人决心

不要把时间浪费在沙夫特家或[另一个名字，无法辨认]

不再吸烟或咀嚼

隔天洗次澡

每周读一本有教育意义的书或杂志

每周积攒五美元（涂掉）三美元

更加孝顺父母

“我偶然发现了这本书，”老人说，“它能说明一切，不是吗？”

“它的确说明了一切。”

“吉米是注定会出人头地的。他总是有这样或那样的决心。你注意到他在提高自己心智方面做了什么吗？他在这方面总是很擅长。他曾经告诉我说我吃东西的样子像猪一样，我还因此打了他一顿。”

他不愿意把书合上，大声朗读每一条，然后眼巴巴地看着我。我想他更希望我把清单抄下来为我所用。

快到三点的时候，路德教会的牧师从法拉盛赶来了，我开始漫不经心地向窗外看去，看有没有其他的车子来。盖茨比的父亲也和我一样。随着时间一点一点过去，仆人们走了进来，站在大厅里等着，他开始焦虑地眨巴着眼睛，同时他又忐忑不安地谈到了这场雨。牧师瞟了几眼手表，于是我把他带到一边，让他等半个小时。但这无济于事。没有一个人来。

大约五点左右，我们一行三辆车抵达墓地，在毛毛细雨中停在大门旁——第一辆是灵车，又黑又湿，非常难看，然后是盖兹先生、牧师和我坐在豪华轿车，再后面是四五名仆人和来自西埃格的邮差乘坐的盖茨比的旅行车，他们浑身湿透了。当我们穿过大门进入墓地时，我听到一辆汽车停了下来，接着是一个人踩着湿透的草地在我们后边追上来的声音。我回头一看，原来是那个戴着猫头鹰眼镜的人，三个月前的一个晚上我曾看到他对盖茨比的图书室里的藏书惊叹不已。

从那以后我再也没见过他。我不知道他是怎么知道葬礼的，甚至不知道他的姓名。雨水顺着他的厚眼镜流下来，于是他就把眼睛摘下来擦一擦，再看看盖茨比墓地上那块遮雨的帆布被卷起来了。

当时我试图去回忆一下盖茨比，可是他已经太遥远了，我只记得黛西既没发来吊唁，也没送一枝花，可我心里并无怨恨之意。我隐约听到有人在咕哝："愿雨中逝者安息。"然后戴猫头鹰眼睛的人用洪亮的声音说了一声："阿门。"

我们在雨中迅速散乱地向汽车跑去。猫头鹰眼睛在门口跟我说了一会儿话。

"我没能到别墅来。"他说。

"其他人也没能来。"

"什么！"他大吃一惊，"啊，天哪！可他们过去一来就是好几百号人啊。"他又摘下眼镜，里里外外又擦了一遍。

"这小子真他娘点儿背。"他说道。

我记忆中最生动的景象之一就是每年圣诞节从预备学校，以及后来从大学回到西部的情景。那些到芝加哥以外的地方求学的同学会在 12 月的一个傍晚六点聚集在古老、昏暗的联合车站，和几个家在芝加哥的同学匆匆话别，足见他们已经沉浸在自己的节日欢乐中。我记得那些从东部这所或那所私立女校返回的女生穿的毛皮大衣，记得她们在严寒中闹喳喳的欢声笑语，还记得见到老熟人时双手举过头顶挥舞着打招呼的场景，还记得相互比较各自收到的邀请："你要去奥德韦家吗？霍尔西家吗？舒尔茨家吗？"还记得在我们戴着手套的手里紧紧握着长条状的绿色车票。最后，还记得停在站台口铁轨上的芝加哥——密尔沃基——圣保罗铁路的昏暗的黄色车厢，看起来像圣诞节一样令人愉快。

当我们的列车驶入寒冷的冬夜和皑皑白雪中，雪花在列车两侧向远方延伸，迎着车窗闪闪发光，威斯康星州一个个小站的昏暗灯光从列车旁一闪而过，此时空气中突然刮来一股凛冽的寒风。当我们吃完晚饭穿过寒冷的过道往回走时，一路深深地呼吸着这冷飕飕的空气。在这奇妙的一个钟头里，心中有一种意识难以形容——我们自己与这片乡土之间的血脉联系，随即我们便完美地融入这片土地。

这就是我的中西部——不是麦浪滚滚的麦田、一望无际的大草原，也不是瑞典移民的荒凉村镇，而是我青春时代无数次乘坐的那些激动人心的返乡列车，是严冬黑夜里的街灯和雪橇的铃声，是圣诞节冬青花环被窗内透出的亮光投射到雪地上的影子。对漫长的冬季怀有一种肃穆的情感，因为从小在卡拉威家族长大，所以有点自鸣得意，在我们那个城市，住所仍世世代代被称为某姓氏的宅院。我现在才搞明白这个故事归根到底就是一个关于西部的故事——汤姆·布坎南和盖茨比，黛西、乔丹和我都是西部人，也许我们有些共同的缺陷使我们多少有点不适应东部的生活。

即使在东部让我最兴奋的时候，即使我极其敏锐地感觉到它相对于俄亥俄河那边的那些枯燥乏味、乱七八糟的城镇的优越性，那些城镇到处充斥着只有孩子和老人才可以幸免的无休止的对别人隐私的窥探，即使在那时，我也一直觉得东部有种被扭曲了的特性。尤其是西埃格，它仍然会出现在我荒诞不经的梦里。我在梦中看到的那个小镇，如同埃尔·格列柯[①]的一幅夜景画。

① 希腊人（1541—1614），出生于希腊的克里特岛，他学习时代的大部分时间是在意大利度过，三十六岁时移居到西班牙。他作为中世纪西班牙的伟大画家而广为人知，他是一位肖像画家，特别擅长宗教画，也创作了许多祭坛画。

上百座房子平常而又怪异，蜷缩在阴沉的天空和黯淡无光的月亮下。在图画的前景中，有四个身穿礼服套装、表情严肃的男子，抬着担架沿人行道走着，担架上躺着一个穿着白色晚礼服、喝得醉醺醺的女人。她的一只手耷拉在一边，手上佩戴的珠宝首饰闪着寒光。那几个男人脸色凝重地拐进了一座房子——却走错了地方。但是没有人知道这个女人的名字，也没有人关心。

盖茨比死后，东部就像这样幽灵般地萦绕在我的心头。所以，等到空气中弥漫着焚烧枯叶的蓝色烟雾，寒风把晾衣绳上的湿衣服吹得硬邦邦的时候，就是我决定回家之日。

在我离开之前，有一件事要做，那就是一件尴尬、不愉快的事情，或许最好不予理会。但我想把事情安排妥妥帖帖的，而不寄希望于那乐于助人可又不付诸行动的大海来把我的垃圾打扫干净。我去看望了乔丹·贝克，详细地聊到了发生在我们之间的事情，以及后来我的遭遇，而她躺在一把大椅子里听着，一动也不动。

她穿的是高尔夫球服，我还记得当时我觉得她看起来像一幅漂亮的插图，下巴微微上扬，活泼可爱，头发像秋叶的颜色，她的脸蛋和她放在膝盖上的那只无指手套一样都是棕色的。等我说完之后，她没做任何评论，只是告诉我，她和另一个男人订婚了。我将信将疑，虽然她完全可以点点头就有好多人想娶她为妻，但是我还是故作惊讶。大约有一两分钟的工夫，我在怀疑自己是否犯了个错误，然后我飞快地通盘考虑了一遍，起身告辞。

“你终究还是把我给甩了，”乔丹突然说道，“你上回在电话里就把我给甩了。我现在对你没有什么怨言，但这件事对我来说倒是一次新的体验，有好一阵子我还为此迷迷糊糊的。”

我们握了握手。

“哦，你还记得吗？”她补充道，“我们曾经聊过关于开车的话题？”

“呃，不太记得了。”

“你说过一个蹩脚的司机只有在遇到另一个蹩脚的司机之前才是安全的，对吧？嗯，我遇到了另一个蹩脚司机，不是吗？我的意思是，因为我太粗心了，做出了这样一个错误的猜测。我原以为你是一个相当诚实、直率的人。我原以为那是你暗自引以为傲的事。”

“我已经三十岁了，”我说，“要是我再年轻五岁，我还能自欺欺人，引以为傲。”

她没吭声。我又气又恼，带着对她的些许留恋和极大的悲伤，转身走了。

十月下旬的一个下午，我碰到了汤姆·布坎南。他正沿着第五大街在我前面走着，还是那副机警、盛气凌人的样子。他的双手与身体稍微有点距离，仿佛是要击退对方的攻击一样，脑袋同时忽左忽右地转动，以配合他那四处张望的眼睛。正当我要放慢脚步以免赶上他时，他停了下来，开始皱着眉头望向一家珠宝店的橱窗里。突然，他看见了我，回转过身，向我伸出手。

“怎么啦，尼克？你不愿意和我握手吗？”

“是的。你知道我对你的看法。”

“你疯了，尼克，”他急忙说道，“彻底疯了。我不知道你到底怎么了。”

“汤姆·布坎南，”我质问道，“那天下午你对威尔逊说了什么？”他盯着我一声不吭，于是我就知道我果然猜得没错，在威尔逊消失的那几个小时里发生了什么。我掉头就走，转身离开，可是他紧跟着我，抓住了我的胳膊。

“我告诉了他真相，”他说，“我们正准备出门时，他就找上门来了，我让人传话说我们不在家，可是他却要硬闯上楼来。那时他已经疯了，如果我不告诉他那辆车的车主是谁，他会杀了我的。在我家的时候，他的手一刻也没离开他口袋里的左轮手枪……”他突然停住了，态度变得强硬起来，“就算我告诉了他又怎么样呢？那个家伙是自己找死。他蒙蔽了你的双眼，就像蒙蔽了黛西的双眼一样，他是个心肠狠毒的家伙。他碾死默特尔，就像你碾死一条狗一样，事后连车子都没停一下。”

我什么也不能说，除了那个难以形容的事实：事情的真相并非如此。

“你以为我没有遭受痛苦吗，听着，当我去退那套公寓，看见那盒该死的狗粮饼干还在餐具柜上时，我一下子瘫坐在地上，像个孩子似的，放声大哭，我的天啦，那种感觉太难受了……”

我无法原谅他，也不会喜欢他，但我看到他所做的一切对他来说是完全合理的。这一切都是粗心大意、混乱不堪的。他们是粗心的人，汤姆和黛西——他们搞砸一切，然后就退缩到他们的财富和麻木不仁里去，或者退缩到任何把他们维系在一起的东西当中，让别人去给他们收拾残局……

我和他握手；不握手似乎显得我很傻气，因为我突然觉得自己好像在和一个小孩子说话。然后他走进珠宝店买了一条珍珠项链，或者可能只是一对袖扣什么的，把我这乡巴佬的吹毛求疵永远地抛之脑后。

当我离开时，盖茨比的房子仍然空着——草坪上的草已经长得和我房前的草一样高了。镇上的一个出租车司机每次拉客经过大门入口时总要停下来，对着里面指指点点；也许事发当晚就是他开车送黛西和盖茨比去了东埃格，也许他自己就此事瞎编了一个故事。我不想听他讲故事，下火车时我尽量避开了他。

周六晚上我都是在纽约度过，因为盖茨比那些灯火辉煌、令人眼花缭乱的晚会仍生动地浮现在我的脑海中，似乎仍然可以听到音乐声、笑声，微弱地、持续不断地从他家的花园里传出来，还有他家车道上来来回回的汽车声。有一天晚上，我确实听到了那里有一辆汽车的声音，看见车灯亮着停在门前的台阶上。但我并没上前一探究竟。可能是最后一位客人刚从天涯海角归来，却不知道这里的晚会早已结束了。

最后一天晚上，我已经打点好行李，车子也已经卖给了杂货店老板，我走过去，再一次目睹了那幢巨大而杂乱、象征着失败的房子。在白色的台阶上，不知是哪个男孩用一块砖头潦草地写着一个下流的词汇，在月光的映衬下格外醒目，我用鞋底把它蹭掉了，鞋底在石头上蹭来蹭去刮得沙沙作响。然后我又漫步到海滩，四肢伸开躺在沙滩上。

现在，大多数的海滨别墅都已经关闭了，除了一只渡船穿过海湾时发出的幽暗、移动的光亮外，四周几乎没有任何灯火。随着月亮升得越来越高，那些无关紧要的房屋渐渐消融在月色中，直到此时，我才逐渐意识到这个曾让荷兰水手眼前一亮的古老岛屿，它是新世界清新碧绿的天堂。它消失的树木，为了修建盖茨比的大别墅而被砍伐了的树木，曾经迎风飘荡，轻声响应人类最后一个最伟大的梦想；那昙花一现的迷人瞬间，人类面对这块大陆时一定屏息凝神，情不自禁地沉浸在一种他既不理解也不渴望的美学沉思中，在历史上最后一次面对与他对奇迹的想象能力相称的东西。

当我坐在那里缅怀着这个古老而未知的世界时，我想到了盖茨比第一次在黛西家码头的尽头辨认出那盏绿灯时感到的惊讶。他走过了漫长的道路才来到这片蓝色的草坪，他的梦想似乎看起来近在咫尺，触手可及。他不知道那个梦想已经远远地抛在了他的身后，抛在了这个城市以外某个地方的一片无边无际的混沌之中，在那里合众国的黑暗田野在夜色中滚滚向前。

盖茨比深信那盏绿灯，在我们面前一年一年逝去的无限美好的未来，最终与我们失之交臂。但没关系——明天我们会跑得更快，手臂伸得更远，去迎接又一个美好的清晨……

于是，我们奋力向前划，像逆流而上的小舟，被不停地推后，冲回到过去的岁月里。